愛經典

閱讀經典，成為更好的自己。

赫曼・赫塞——著
Hermann Hesse
李雙志——譯

Siddhartha

流浪者之歌

緣起

愛經典

卡爾維諾說：「『經典』即是具影響力的作品，在我們的想像中留下痕跡，並藏在潛意識中。正因『經典』有這種影響力，我們更要撥時間閱讀，接受『經典』為我們帶來的改變。」因為經典作品具有這樣無窮的魅力，時報出版公司特別引進大星文化公司的「作家榜經典文庫」，期能為臺灣的經典閱讀提供另一選擇。

作家榜經典文庫從二〇一七年起至今，已出版超過一百本，迅速累積良好口碑，不斷榮登各大暢銷榜，總銷量突破一千萬冊，本書系的作者都經過時代淬鍊，其作品雋永，意義深遠；所選擇的譯者，多為優秀的詩人、作家，因此譯文流暢，讀來如同原創作品般通順，沒有隔閡；而且時報在臺推出時，每部作品皆以精裝裝幀，質感更佳，是讀者想要閱讀與收藏經典時的首選。

現在開始讀經典，成為更好的自己。

CONTENTS

目次

第一部

第二部

第一部

親愛的、尊敬的羅曼・羅蘭：

一九一四年秋，令人精神窒息的災厄剛剛爆發不久，我對之尤有切膚之感。自那以後我們從疏離了的兩岸向對方伸出手，懷著同一份信念，相信超越民族藩籬是當務之急。自那以後我就一直有個心願，要給您一個象徵來展示我所愛，同時讓您檢驗我所為，窺見我所思之世界。請您允許我將這首尚未寫完的印度長詩的第一部獻給您。

來自您的

赫曼・赫塞

婆羅門[1]之子

在屋宅的陰影裡，在舟舸往來的河岸邊的陽光下，在婆羅樹的蔭蔽下，在無花果樹的樹影中，成長著悉達多、俊美的婆羅門之子、年輕的鷹。伴他一同成長的是喬文達、他的摯友，也是婆羅門之子。在河岸邊，在他浴身之際，在神聖的清潔中，在神聖的祭禮中，陽光曬黑了他光潔的肩頭。在芒果林裡，在與男孩一起玩耍時，在聽母親歌吟時，在參與神聖祭禮時，在學者父親給他施教時，在與智者交談時，陰影在他黑色的眼睛裡流動。悉達多和眾智者交談已經有了不少時日，他與喬文達練習辯論，與喬文達練習靜觀之術，以沉入冥思。他已經懂得默誦詞

1 婆羅門是印度種姓制度中最高貴的種姓，是司祭祀的貴族階層。其他的分別是貴族階級「剎帝利」、百姓階級「吠舍」，和奴隸階級「首陀羅」。

中之詞「唵」[2]，用呼入之氣往自身內無聲地納入「唵」，用呼出之氣往身外無聲地說出「唵」；聚精凝神時，他的額頭環繞著思緒清明的靈慧之光。他已經懂得在他本質的內裡洞悉阿特曼[3]，不滅不絕，與寰宇合一。

喜悅躍入他父親的心裡，喜悅來自兒子，這個篤學博聞、求知若渴的兒子。父親在他身上看到一位偉大智者和祭司正待長成，那將是統領婆羅門的一位君王。

歡欣躍入他母親的胸膛，當她見到他，見到他行路、坐下、起身。悉達多，這強健的、美麗的、用修長的雙腿行走的兒子，用完美的禮節問候他的母親。

愛慕滋生在眾多婆羅門的年輕女兒心中，當悉達多走過城中街巷，額頭閃亮，雙眼有君王風儀，臀緊腰細。

可是她們所有人對他的愛慕都比不過來自他的摯友、婆羅門之子喬文達的愛慕。他愛悉達多的眼睛和溫柔的嗓音，他愛他的步態和一舉一動的完美風範。他愛悉達多所做所說的一切，而他最鍾愛的是他的靈慧，他高昂又火熱的思想，他的灼熱意志，他的崇高使命感。喬文達知道：這個朋友不會成為平凡的婆羅門，不會成為懶惰的祭祀官，不會成為販賣咒符的貪婪商人，不會成為誇誇其談而內中空洞的演說者，不會成為奸詐惡毒的修士，也不會成為芸芸眾生的畜群中一隻善良而愚蠢的綿羊。不，就是他自己、喬文達，也不願意成為那樣的凡夫俗子、千萬個婆羅門之一。他要追隨悉達多，他摯愛的人，這美妙的人。如果悉達多有朝一日成為神，如果他有朝一日步入閃光星宿之列，喬文達也願意追隨他，做他的摯友，他的陪伴，他的僕人，他的馬前卒，他的影子。

悉達多便是如此受所有人鍾愛。他帶給所有人歡愉，所有人都因他開懷。

但是悉達多，他卻並不為自己而歡愉，他不因自己而開懷。當他徜徉於無花果園的玫瑰小徑上，坐在靜觀林苑的幽藍影子裡，在每日的懺悔浴中清洗身體，在濃蔭覆地的芒果林裡獻祭，神情完美地遵循禮儀，被所有人喜愛，讓所有人歡喜，他心中卻毫無歡喜。夢來眷顧他，不停息的思緒從河水中湧出，從夜空中的

2 印度教《吠陀經》裡最早提出的原初音節，發音為om，是梵的最初體現，宇宙中出現的第一個音，也是嬰兒發出的第一個音，具有至高的神聖意義。

3 印度教和印度哲學中的概念，可理解為「真我」、「靈」。

星星閃爍而出，從太陽的光輝融化而出。夢來眷顧他，靈魂的躁動從祭品中隨煙而起，從《梨俱吠陀》[4]的詩句中隨氣息傳出，從年邁婆羅門的教條中滴滴滲出。

悉達多內心中開始滋長不滿。他開始感到他父親對他的愛、他母親對他的愛，還有他摯友喬文達對他的愛，不會一直、隨時都讓他心悅，將他安撫，使他豐盈，讓他滿足。他開始體會到，他尊貴的父親和其他的老師，這些婆羅門智者已經將他們的智慧中最豐富的精華都傳授給了他，他們已經盡其所有填補他的渴求，卻還填不滿它。他的精神還沒有滿足，他的靈魂還不得安寧。

清洗固然好，但這只是水，洗不去罪孽，平息不了精神上的渴，消釋不了心中的疑懼。祭祀諸神並呼喚祂們固然妙，但這就是一切了嗎？祭祀會賜予幸福嗎？諸神又是怎樣的？真的是缽羅若[5]創造了世界嗎？難道不該是阿特曼，是伊，是那唯一者、孤獨者？諸神難道不是被造出來的形象，如你我一樣，臣服於時間，終會流逝？向諸神獻祭真的好嗎？真的正確嗎？真的是一項有意義的最崇高舉動嗎？還可以向誰獻祭，向誰表達崇敬，除了伊，那唯一者，阿特曼？在哪裡找得到阿特曼，伊住在哪裡，他的永恆之心在哪裡跳動？不就在自我之中，在我的內心最深處，在各人身上所載的那不滅不絕者中？可是這個自我、這內心最深處、這終極，在哪裡？不是肉與骨，不是思或意，最具智慧者如此教導說。那它會在哪裡呢？要奔赴那裡，奔向自我，奔向己身，奔向阿特曼——有沒有另一條值得探索的路？

啊，沒有人指出這條路，沒有人知道這條路，父親不知道，老師和眾智者不知道，神聖的祭祀頌歌也不知道！婆羅門和他們的神聖典籍什麼都知道，他們什麼都知道，什麼都關心，關心的比一切還多，世界的初創，言辭、食物、吸入、呼出的誕生，感官的秩序，諸神的作為——他們知道無窮多的事。但是如果偏偏不知道那恆一和唯一者、那最重要的事、那唯一重要的事，知道這一切還有價值嗎？

當然，神聖典籍，尤其是《娑摩吠陀》的《奧義書》[6]中的許多詩句都說到了

---

4 印度教《吠陀經》中最古老的一卷，口頭流傳下來。

5 意譯為「生主」，印度教經典中因陀羅等大神的稱號，後來演變為最高神格。

6 《奧義書》彙集了由《吠陀經》所發揮的哲學思想，是印度哲學思想的重要典籍。

這最內在的終極，那是些美妙的詩句。「你的靈魂便是整個世界」，書中寫道。書中還寫道，人入睡後，睡熟時，就會進入內心最深處，住在阿特曼中。神奇的智慧就在這些詩句裡，最具智慧者的所有知識都聚集在了這些有魔力的詞語中，像蜜蜂採集起來的蜂蜜一樣純。不，識見的浩大是不可小覷的，這是不知多少代有智慧的婆羅門彙集並保存在書中的浩大知識。但是那些不僅獲取了這些最深知識，並且確實在生活中體驗過它們的婆羅門，那些修士，那些智者或書籍，在哪裡？可以將安然棲居於阿特曼之中的那種歸宿感從睡夢中神奇地轉移到清醒時，帶入生活中，植入一步一舉一言一行中的得道者，他在哪裡？

悉達多認識許多可敬的婆羅門，尤其是他父親，婆羅門中純潔、博學、最可敬者。他父親讓人敬佩，舉止靜謐而高貴，生活純潔無邪，言語充滿智慧，頭腦裡是細膩而高尚的思想——但是知識淵博如他，他生活在福樂之中嗎？他擁有安寧嗎？他不也僅僅只是一個求索者，一個口渴求飲者嗎？他不是也得一次又一次在神聖的源泉，在祭祀中，在書籍中，在婆羅門的對談中汲水止渴嗎？為什麼他這無可挑剔的賢者也必須每日洗去罪孽，每日努力清潔自身，一日又一日周而復始？他體內難道沒有阿特曼，他心中難道沒有原初之泉湧流？就是要找到它，自我之中的原初之泉，就是要擁有它才行！其他一切仍只是尋覓，是歧路，是迷惘。

這便是悉達多的心事，這便是他的渴念、他的愁苦。

他常常從一本《歌者奧義書》中為自己念誦這些詞句：「誠如是，梵[7]之名為真——確如是，誰知此義，便日日入天國之境。」那天國之境，常常顯得近在咫尺，但是他卻從未完全抵達，也從未由此消除終極的渴欲。在他所認識的、所受教過的所有智者、所有那些聰慧絕倫者中，沒有一人完全抵達那天國之境，也沒有一人能真正消除那永恆的渴欲。

「喬文達，」悉達多對這位友人說，「喬文達，親愛的朋友，來和我一起坐到菩提樹下，我們來修習冥思。」

他們走到菩提樹前，他們在樹下坐下。這邊坐著悉達多，離他二十步遠坐著

7 根據古印度宗教哲學思想，生主神創造宇宙後，被「梵」取代。梵是宇宙之絕對所在，是一切存在的本體，萬物從梵而生，受梵支配，破滅後復歸於梵。

喬文達。悉達多坐下準備說出「唵」之際，他喃喃地重複念誦詩句：

唵為弓，靈為箭，
梵為靶，
時時發，發發中。

當冥思修行的常規時間結束後，喬文達站了起來。夜幕已降，是晚間洗浴的時候了。他呼喚悉達多的名字。悉達多沒有回答。悉達多坐在原地陷入冥思，他的眼睛直直瞪向非常遠的一個目標，他的舌尖稍稍露出在牙縫之間，他看起來沒了呼吸。他就這麼坐著，被冥思所包裹，一心念著「唵」，將他的靈魂當作箭射向梵。

有一次，沙門[8]信徒路過了悉達多所住的城市。他們是朝聖的禁欲派，三個乾瘦而黯淡消沉的男人，既不年邁也不年輕，肩頭有塵土與血跡，身上幾乎一絲不掛，被陽光烤焦，被孤獨環繞，棄世厭世，是人間另類、瘦到皮包骨的人中胡狼。他們在身後留下灼熱的香味，其中有靜默中的受苦、摧毀人的服役、不憐惜的自我泯滅。

某個黃昏，靜觀時辰過後，悉達多對喬文達說：「明天一早，我的朋友，悉達多就會去沙門那裡。他要去做一個沙門。」

喬文達聽到這些話，從他的摯友毫無表情的臉上看出如離弦之箭一樣不可改易的決心，臉色驀然發白。喬文達一眼望去，便立即明白：現在要開始了，現在悉達多要開始走自己的路了，現在他的命運要開始發芽了，而我自己的命運也會隨之發芽。他的臉色於是變得和一塊風乾了的香蕉皮一樣蒼白。

「噢，悉達多，」他呼喊道，「你父親會允許你這麼做嗎？」悉達多像一個成年人那樣回望。他如箭一般快地進入喬文達的靈魂裡，讀到了恐懼，讀到了順從。

「噢，喬文達，」他輕聲說道，「我們用不著多費口舌了。明天天一亮我就會開始過沙門的生活。不用再多說什麼了。」

---

8 古印度各教派出家修道者的通稱。

悉達多走進小屋，他父親坐在屋中一張篾席上。悉達多走到父親身後，站住不動，直到他父親發覺有人在自己身後站著。這位婆羅門說：「悉達多，是你嗎？那就說吧，說出你來這裡想說的話。」

悉達多說：「得你許可，我的父親。我來是要對你說，我如今所求，是明天離開你的居所，投奔禁欲派。做一個沙門，這便是我心所求。願我的父親不反對。」

婆羅門沉默了。他沉默了這麼久，在小窗外已看得到星移斗轉，而小屋裡的沉默還沒有結束。兒子一語不發，一動不動，雙臂交叉而立。父親一語不發，一動不動地坐在席上。星辰在天空遷移。終於，父親說：「婆羅門不可發激烈暴怒之語，但我的心因不快而搐動。我不想從你的口中再次聽到這個請求。」

婆羅門緩緩起身。悉達多雙臂交叉，默默佇立。

「你還在等什麼？」父親問。

悉達多說：「你知道的。」

父親鬱鬱不樂地走出小屋，鬱鬱不樂地找到床榻躺下了。

一小時之後，這位婆羅門還是無法閉眼安眠，他起身，來回踱步，走出了房門。他透過小屋的小窗往裡看，看到悉達多佇立其中，雙臂交叉，一動不動。他的淺色上衣閃著白色的微光。心緒不寧的父親回到了自己的床榻上。

又一小時之後，這位婆羅門一直無法閉眼安眠，他又起身，來回踱步，走出了房門，看到月亮升起。他透過小屋的窗子往裡看，悉達多佇立其中，一動不動，雙臂交叉，袒露的瘦腿反射著月光。心懷憂慮的父親回到了自己的床榻上。

又過了一小時，他又走了過去。接著過了第二個小時，他再次走了過去，透過小窗，看到悉達多佇立在月光中，在星光中，在黑暗中。他每隔一個小時便過去一趟，沉默不語，往屋內張望，看到那紋絲不動的人，心中漸漸充滿震怒，充滿不安，充滿畏怯，充滿痛苦。

在白日到來之前的夜間最後一小時，他又過來，走進了小屋，看到少年佇立，看起來高大卻似乎陌生。

「悉達多，」他說，「你在等什麼？」

「你知道的。」

「你要這麼一直站著等到天亮，等到中午，等到傍晚嗎？」

「我會站著等。」

「你會累的，悉達多。」

「我會累的。」

「你會睡著的，悉達多。」

「我不會睡著。」

「你會這麼死去的，悉達多。」

「我會這麼死去的。」

「你寧願死，也不願聽從你的父親嗎？」

「悉達多從來都聽從他的父親。」

「那你願意放棄你的打算嗎？」

「悉達多會做他父親吩咐他做的事。」

第一道曙光落入屋中。婆羅門看到悉達多的膝蓋在輕輕顫抖，但是在悉達多的臉上看不到任何顫抖，他的雙眼直視遠方。父親此時明白，悉達多現在已經不在他身邊，不在此處的家鄉了，悉達多現在已經離開了他。

父親撫摸悉達多的肩膀。

「你去吧，」他說，「去森林裡做一個沙門吧。你若在林中找到了喜樂，就回來教給我喜樂。你若落空失望，就回來，讓我們一起重新為諸神獻祭。現在去親吻你母親吧，告訴她你要去哪裡。而我的時辰已到，要去河邊做第一場淨身的洗浴了。」

他將手從兒子的肩上收回，走了出去。悉達多左右搖晃，彷彿是要試著走起來。他強推著自己的肢體，在父親身前鞠了一躬，去母親那裡，按父親所說做了當做之事。

當他乘著第一縷晨光，抬起僵硬的雙腿，緩緩離開還是一片寧靜的城市，走到最後一個茅屋邊，有一個之前就蹲伏在那裡的身影站了起來，追隨這位朝聖者——是喬文達。

「你來了。」悉達多說，面露微笑。

「我來了。」喬文達說。

隨沙門教徒修行

這天傍晚，他們追上了苦行者，請求與那些枯瘦的沙門同行並遵教。沙門接納了他們。

悉達多將自己的衣褲送給了街上一個貧窮的婆羅門。他身上只留下了一條遮羞腰帶和泥土色未縫線的披巾。他一天只吃一餐，從不吃熟食。他齋戒了十五天。他齋戒了二十八天。他的大腿和臉頰上沒了肉。他的雙眼變大，其中閃爍著灼熱的夢。他的雙手乾枯，長出長指甲。他的下巴長出乾燥而蓬亂的鬍鬚。遇到女人時，他的目光冰一般冷；當他在人群衣著鮮麗的城裡穿行時，他的嘴角流露出輕蔑。他看著生意人做生意，王侯出行狩獵，未亡人哭悼逝者，妓女當街攬客，醫生救治病人，教士定下日子播種信仰，戀人相戀，母親哺育孩子——這一切都不值得他目光留駐，無一不是謊言，無一不發臭，發出謊言的臭味。無一不是在偽裝意義、幸福和美麗，無一不在腐爛而自己不願承認。塵世滋味苦澀，人生無非受苦。

悉達多面前有了一個目標，唯一個目標：清空，清空渴念，清空願望，清空夢、樂、哀。從自身超脫出來，不再持有自我，以空心得寧靜，以無我之思向奇蹟敞開，這便是他的目標。當自我盡數脫除而死去，當心中一切思慕、一切欲望都沉寂，那終極者就會覺醒；那本質的最內在者，不再是我，而是莫大的祕密。

悉達多靜立在垂直落下的焦灼陽光裡，痛苦似火燒，口渴似火燒。他一直靜立，直到感覺不到痛苦，感覺不到口渴。他靜立在一場雨中，雨水從他的頭髮滴落到受凍的肩膀上，落到受凍的腰和腿上。這位懺悔者站到肩膀和雙腿不再感覺到寒意，站到它們沉靜，站到它們安寧。他靜靜蹲在荊棘叢裡，灼痛的皮膚淌出血來，潰瘍處淌出膿來。而悉達多依舊僵持著，一動不動，直到沒有血再流出來，直到再沒有刺傷，再沒有灼痛。

悉達多端正地坐著，學習縮減呼吸，學習維持少量呼吸，學習關掉呼吸。他學習以呼吸開始，讓心跳平靜，學習減少心跳次數，直到心跳少之又少，幾乎消失。

在沙門教徒中最年長者的教導下，悉達多修忘我，修入定，遵從的是新的沙門法則。一隻白鷺在竹林上空飛過——悉達多將這隻白鷺映入自己的靈魂中，也飛越山林，自己成了白鷺，叼魚為食，餓白鷺之餓，發白鷺之鳴，死白鷺之死。沙灘上躺了一隻死去的胡狼，悉達多的靈魂鑽入了牠的屍體，成了死去的胡狼，躺在沙灘上，鼓脹，發臭，腐爛，被鬣狗撕碎，被兀鷲剝皮，變成骨架，變成灰塵，被吹進原野。悉達多的靈魂回來，死去，腐爛，化作塵埃，品嘗了輪迴的陰暗迷醉，懷著新的渴念，如獵人一般期望能找到脫離輪迴的空隙，那裡將有因緣的終結，那裡將開始無憂的永恆。他殺滅自己的感官，他殺滅自己的記憶，他鑽出他的那個我而鑽入成千的他者形態中去，成為獸類，成為腐屍，成為石頭，成為木頭，成為水，每一次在覺醒之際又回歸了自我。陽光或月光照著，又成了我，在輪迴中沉浮，渴念不斷，舊渴剛消，又生新渴。

悉達多在沙門教徒身邊學到了很多，他學會了許多脫離自我的途徑。他感受痛苦，自願去承受，以至超脫了痛苦、飢渴、疲倦，這便是他出離自我之路。他冥思，悟一切心念為空，這便是他出離自我之路。他學會了走這般道路和其他道路，他上千次脫離自我，數個時辰、數天地沉浸於無我之中。可是，儘管這種種路徑讓他可離自我而去，但在路徑的盡頭他無不歸於自我。儘管悉達多上千次逃脫了自我，在虛無中漂流，在獸類、在石頭中逡巡，卻總是無法避免回歸，無法去除這樣的時刻：在陽光或月光下，在陰影或雨水裡，回到自身，他依然是這個我、這個悉達多，他重又感受被迫輪迴往復的折磨。

喬文達、他的影子，隨他一起生活，走同樣的道路，做同樣的努力。他們彼此若不是修行所需，就絕少對話。兩人偶爾會一起去村子裡為自己和師父化緣乞食。

「你怎麼想，喬文達，」一次在乞討路上，悉達多問，「你怎麼想，我們前進了嗎？我們達到目的了嗎？」

喬文達回答說：「我們學會了不少，我們還在學。你會成為偉大的沙門，悉達多。每一種修行你都學得那麼快，沙門老師父常常讚歎你。你會成為聖人的，哦，悉達多。」

悉達多說：「在我眼中卻不是這樣，我的朋友。我到今天為止在沙門派這裡所學的，哦，喬文達，我本可以學得更快速，更簡易。在花街柳巷的每一個酒館，我的朋友，在車夫和賭徒之中，我也都可以學到那些。」

喬文達說：「悉達多是在和我開玩笑。你在那些地方，在那些可憐人那裡怎麼學得會入定，怎麼學得會屏息，怎麼學得會出離痛苦和飢餓之擾？」

悉達多彷彿是自言自語地輕聲說：「什麼是入定？什麼是出離肉身？什麼是齋戒？什麼是屏息？這都是逃出自我，這只是短暫脫離自我存在的苦惱，是對抗痛苦和人生虛無的短暫麻木。同樣的出逃、同樣的短暫麻木，小客棧裡的牛車夫喝幾碗酒或發酵了的椰汁也會找得到。這時候他再感覺不到自我，這時候他再感覺不到人生的痛苦，這時候他就有了短暫的麻木。他就著這幾碗酒微醺欲睡所抵達的，正是悉達多和喬文達經過長久的修行脫離肉身而入無我時所抵達的。就是這樣，哦，喬文達。」

喬文達說：「你雖如此說，哦，朋友，但你心裡明白，悉達多不是牛車夫，沙門不是酒徒。那飲酒者或許得到了短暫的麻木，或許得到了短暫的逃離和休憩，但是他從迷幻中回到現實，會發現一切照舊，心智不會增長半分，見識不會積累絲毫，不會在階梯上登高一級。」

悉達多微笑著說：「我並不明白。我從來沒做過酒徒。但是我、悉達多，在我的修行和入定中也只得到了短暫的麻木，和母親懷中的胎兒一樣遠離智慧和解脫，這我是清楚的，哦，喬文達，這我是清楚的。」

又有一次，悉達多正和喬文達離開森林，去村子裡為自己的師兄弟及師父化緣乞食，悉達多開口說道：「哦，喬文達，我們有多少可能是走在正確的道路上？我們是在接近真知嗎？我們是在走向解脫嗎？還是說，本來一心要掙脫輪迴的我們一直在循環往復地走？」

喬文達說：「我們已經學到了不少，悉達多，許多還等著我們去學。我們不是在循環往復，我們是在向上走，這環形是一個螺旋階梯，我們已經邁上了幾個臺階。」

悉達多回答道：「你覺得，我們最年長的沙門、我們尊敬的師長，有多大年紀了？」

喬文達說：「我們最年長的師父，也許已經六十歲了。」

悉達多則說：「他已滿六十，還沒抵達涅槃。他還會活到七十歲、八十歲。而你和我，我們也會變得這麼老，會繼續修行、齋戒、冥思。可是我們不會抵達涅槃，他做不到，我們也做不到。哦，喬文達，我相信，所有沙門派教徒中能抵達涅槃的，一個人都沒有，一個人都沒有。我們得到了寬慰，我們得到了麻木，我們學會了自欺的把戲。但是本質所在、道中之道，我們並沒有找到。」

「請你，」喬文達說，「不要說出這麼嚇人的話來，悉達多！在這麼多博學之士中、在這麼多婆羅門之中、在這麼多肅穆而可敬的沙門之中、在這麼多尋路人之中、在這麼多刻苦自修者之中、在這麼多聖潔之士中，難道就沒有一個找到了道中之道的嗎？」

悉達多用一種兼有多樣的悲傷與嘲諷的語氣，用一種有點哀傷有點嘲諷的語調輕聲說：「快了，喬文達，你的朋友很快就要離開沙門這條路了，他和你在這條路上走了太久了。我受著渴念之苦，哦，喬文達，在這條漫長的沙門之路上我的渴沒有減去半分。我總是渴求真知，我總是滿懷疑問。我求問於婆羅門，年復一年；我求問於吠陀聖典，年復一年；我求問於虔誠的沙門，年復一年。也許，哦，喬文達，我如果求問的是犀鳥或者黑猩猩，也許會一樣好，一樣聰明而有益。我耗費了很長時間，我還沒有就此作罷，我學到的只是，哦，喬文達：人什麼都學不到！我於是相信，其實並不存在我們稱之為『學』的事物。哦，我的朋友，世間只存在一種知識，它無處不在，它便是阿特曼，在我體內，在你體內，在所有生物體內。我於是開始相信：這種知識最可惡的敵人莫過於求知的意願，莫過於學了。」

這時，喬文達在路上站住，舉起雙手，說：「悉達多，你不會想用這樣一番話讓你的朋友感到害怕吧！確實啊，你的話在我心中引發了恐懼。你可要想到：如若真如你所說，如若真的不存在『學』，哪裡還會有禱告的神聖性，哪裡還會有婆羅門階層的尊貴，哪裡還會有沙門的神聖性?!哦，悉達多，世間一切神聖、寶貴、尊貴的事物，都會變成什麼？」

喬文達喃喃地自顧自念誦了《奧義書》中的一句詩：

靈慧既澄明，思入阿特曼。
真言總不語，心得樂無極。

悉達多卻沉默了。他想著喬文達對他說的話，將這番話想得透徹見底。是的，他垂首而立，心中想著，我們眼中那一切神聖者，還留下了什麼？什麼留得下？什麼能久存？他搖了搖頭。

後來，當這兩位少年在沙門派這裡生活並與他們共同修行了三年後，從直接、間接的各個管道傳來了一個訊息、一個流言、一個傳說：有一人現身世間，名為喬達摩，被譽為至高尊師或佛陀，他已在自己身上消解了俗世困苦，讓輪迴轉世之輪停止了轉動。他雲遊四方以傳教，身邊總有信徒相伴，無產，無家，無妻，身著禁欲者的黃袈裟，而額頭明朗，是得福樂之人。婆羅門和王侯都向他鞠躬，樂於做他的學徒。

這傳說、這流言、這佳話聲高香遠，四處傳揚，城裡婆羅門、林中沙門都對之津津樂道。喬達摩、佛陀之名，頻頻傳入少年耳中，或美或惡，或褒或貶。

就好比有一國瘟疫橫行，如果此時有傳聞說，某處某處有一人，精通醫道，僅用口頭言語、吹口氣，就能將所有遭疫者醫治好。而這消息再散布國內，眾口相傳，就會有許多人相信、許多人懷疑，更有許多人會立刻上路，去尋那位智者、那位救治者了。如今關於喬達摩、佛陀、釋迦族賢人的那個訊息，那個芳香四溢的傳說就如此傳遍了全國。信他者說，他已獲取最高之識，他記起了前世，他抵達了涅槃，再也不會回到輪迴中去，再也不會沉入造化的濁流中。關於他的傳聞有許多神妙驚人匪夷所思之事，他屢創奇蹟，征服妖魔，通語神靈。他的敵人和不信他者則說，這位喬達摩是貪圖虛名的引誘者，安逸舒適地度日，蔑視祭祀，不學無術，既不懂修行也不懂清苦禁欲。

佛陀的傳說聲名甜美，這些傳聞中有著魔法的芳香。這世界已染重疾，這人生已不堪過活——瞧啊，這裡似乎躍出一眼清泉，這裡似乎響起一聲召喚，給人寬慰、溫和、充滿高貴的允諾。佛陀的流言傳響之處，印度各國各地，少年都用心傾聽，都感到了渴慕，感到了希望。城裡的、村裡的婆羅門之子歡迎任何帶來那位至高尊師，那位釋迦牟尼消息的朝聖者和異鄉人。

傳說也漸漸地，點點滴滴地傳遞到了林中沙門派這裡，傳遞到了悉達多，傳遞到了喬文達這裡。這每一滴都是沉沉的希望，每一滴都是沉沉的懷疑。他們極少談到這些傳說，因為最年長的老沙門並不待見這些傳說。他聽聞那位所謂的佛陀最開始也曾是禁欲者，在林中生活過，但之後又回到了舒適生活與俗世歡愉之中，他便覺得這喬達摩一無可取了。

「哦，悉達多，」有一次喬文達對他的摯友說，「我今天去了村裡。一個婆羅門邀請我走進他家門，他家裡有一位來自摩揭陀國[9]的婆羅門之子，他親眼見過佛陀，親耳受教於他。說真的，我那時胸中連呼吸都發痛，我心中想：唯願我，唯願我們倆，悉達多和我都能體驗到這個時刻，從那修得圓滿者口中聽到教誨！你說，朋友，我們不也想奔赴那個地方，從佛陀口中聽到他所傳教義嗎？」

悉達多說：「一直以來，哦，喬文達，我都以為，喬文達會留在沙門派這裡，我一直都相信，他的目標，就是活到六十歲、七十歲，繼續做沙門一派所做的修行學藝。但是看哪，我對喬文達還是知之過少，我對他的心意還是通曉甚少。你這最可貴的人兒，現在要踏上一條新路，走向佛陀宣教之地去了。」

喬文達說：「隨你如何嘲笑都行。你反正也是這麼喜歡嘲笑人，悉達多！但是你心中不也有一份渴望、一個欲念在甦醒，要去聽那宣教嗎？你不是對我說過，你不會再在沙門之路上繼續走下去了嗎？」

悉達多聽了，用他特有的方式笑了起來，他的嗓音籠罩了一層悲傷的影子和一層嘲諷的影子。他說：「好，喬文達，你說得好。你記得沒錯。但願你還記得你從我這裡聽過的其他話，我對教和學都已感到懷疑和疲倦，我對師父傳給我們的那些話所信已微薄。但是也好，親愛的朋友，我願意去聽那教義——雖然我內心中相信，我們已經品嘗過那教義的最好果實了。」

喬文達說：「你的願意讓我的心歡喜。但是你說說，你所說的如何可能呢？喬達摩的教義，怎麼會在我們聽到它們之前就已經將它們最好的果實呈交給了我們呢？」

悉達多說：「讓我們享用這果實吧，之後的事就等著它發生好了，哦，喬文達！而我們現在拜喬達摩所賜而得到的果實，便是他讓我們脫離沙門派的召喚！他還會不會給我們與此不同、比此更好之物，哦，朋友，就讓我們靜心等著看好

9 古代中印度的一個王國。

了。」

就在這一天，悉達多向最年長的老沙門告知了自己的決定：要離他而去。他是以門徒與學徒應有的禮貌與謙遜向最年長的師父表明心意的。但是這位沙門得知這兩位門徒都要離開他，勃然大怒，高聲呵斥，用上了粗暴的辱罵詞彙。

喬文達嚇到了，感到困窘。但是悉達多將嘴巴湊到喬文達耳邊，低聲對他說：「我現在要讓這位老先生看看，我在他這裡是學到了東西的。」他走到老沙門近前，凝神聚氣，用自己的目光承接住老者的目光，鎮住了他，讓他沉默下來，讓他失去了意志，讓他倒伏在自己的意志之下，命令他靜默無聲地做自己要他做的事。老先生緘口無言，雙眼發呆，意志癱瘓，兩隻手臂垂了下來。他軟弱無力，完全聽命於悉達多的魔力。悉達多的意念轄制了老沙門，他不得不執行這意念的命令。於是老者鞠了多次躬，做了賜福的手勢，結結巴巴說出了虔誠的送行祝願詞。兩個門徒稱謝回鞠躬禮，接受了祝願，道別離開了。

在路上，喬文達說：「哦，悉達多。你在沙門派那裡所學的，超過了我之前所料想的。要對一位老沙門施加魔力，是一件難事，很難。確實啊，假如你仍留在那裡，你很快就能學會在水上行走了。」

「我所追求的，不是在水上行走。」悉達多說，「就讓那些老沙門為懂得那些技藝而洋洋自得吧！」

喬達摩

在舍衛城，每個孩子都熟知至高尊師佛陀的名字，每座屋宅都備有物資，可隨時為喬達摩的信徒、沉默的祈求者填滿求施捨的缽盆。離城不遠處，有喬達摩最鍾愛的留居之處、祇園精舍。那是至高尊師的一位忠實敬仰者，富商給孤獨，贈予他和他的信眾的一份禮物。

兩位年輕的禁欲修行者在尋訪喬達摩的居所時，所有的答話和描述都指向了這片園舍。他們到達舍衛城的時候，所上門化緣求食的第一戶人家立刻給他們提供了餐食。他們接過了這食物，悉達多問那遞給他們食物的婦人：

「冒昧了，行善的好人，我們想打聽一下佛陀、那最尊貴之人，在何處居留？我們是從森林中來的兩位沙門教徒，來這兒是要見見那位圓滿得道的世尊，從他口中得到教誨。」

那婦人說：「從森林中來的沙門啊，你們下山到此地來，真是找對了地方。你們知道，世尊就在祇園精舍、給孤獨的園子裡居住。朝聖者啊，你們可以在那兒過夜，因為那園中有足夠的地方讓無數趕來親耳聆聽教誨的人留宿。」

這話喬文達聽得甚是快意，他滿心歡喜地喊道：「多好啊，我們的目的地已經到了，我們的旅程結束了！不過，再給我們說說吧，你這朝聖者的母親啊，那佛陀，你認識他嗎，你親眼見過他嗎？」

那婦人說：「我見過世尊很多次。我曾在多個日子裡見到他走過小巷，身著黃衫，沉默不語，見過他在屋門前遞上化緣缽，見過他帶著盛滿了的化緣缽離開。」

喬文達陶醉地聽著，還想提很多問題，聽很多回答。但是悉達多提醒他要繼續往前走了。他們道了謝，往前走，幾乎已不需要問路了，因為不少朝聖者和喬達摩門下僧人都在趕往祇園精舍。他們在深夜時分到達的時候，那兒正有川流不息的人到來、呼喊、談話，他們都是來尋求住宿的，也得到了住宿。這兩個已經習慣了林中生活的沙門教徒很快就靜悄悄找好了過夜之處，在那邊安睡到了天明。

朝陽方升，他們就吃驚地看到，在這裡有如此多人過夜，都是信徒和心懷好奇者。這精美林苑的所有小徑上都有身著黃衫的僧人在徜徉，他們坐到各處樹下，沉入靜觀或者談論教義。這林蔭籠罩的園子看起來就如同一座城市，滿是如蜜蜂般聚集的人群。大多數僧人都托著化緣缽出門了，要去城中為午餐化緣，這也是他們一天之中唯一一次進餐。佛陀，那位已悟大道者，也總是在清晨出門化緣。

悉達多看到了他，立刻就認出了他，彷彿有一位神靈給了指點。他看到佛陀，一位身著黃袈裟的樸素之人，手托化緣缽，靜靜離開。

「看這裡！」悉達多輕聲對喬文達說，「這邊這位就是佛陀。」

喬文達聚精會神地注視那位身著黃袈裟的僧人，他看起來和其他數百名僧人並無差別。很快喬文達也看出來了：這就是他。他們追隨他，觀察他。

佛陀謙遜地走著自己的路，正沉浸於思考中，他寧靜的臉龐上不喜也不悲，看起來是在向著自己的內心微笑。帶著這暗中的微笑，寧靜，無聲，與一位健康的孩童不無相似，佛陀從容前行，他穿衣邁步與所有信從他的僧人一模一樣，都遵守細緻的規定。但是他的臉和他的腳步，他靜靜朝下的目光，他靜靜下垂的手，就連他那下垂的手上的每一根手指都訴說著安寧，訴說著完滿，一無所求，不向外效仿，輕柔呼吸，置身於永不凋謝的平靜，永不凋謝的光和不可侵犯的平和中。

喬達摩便是如此朝城中化緣而去，這兩個沙門教徒僅僅從他寧靜的圓滿，從他身上那種無欲無求，不模仿，不費力，唯有光與平和的靜謐便認出了他。

「今天我們將從他口中領受教義。」喬文達說。

悉達多沒有回應。他對教義是有點好奇，但是他不相信那教義還會教給他新東西，他已經和喬文達一樣一次又一次地瞭解過這佛門教義的內容了，儘管都是從第二手第三手的轉述中。他凝神注視著喬達摩的頭、他的肩、他的腳、他靜靜下垂的手。在他看來，這隻手上每一根手指的每一段都是教義，在講述，在呼吸，在發出清香，在放出真理之光。這位男士、這位佛陀，直到最後一根手指的姿態都是真切的。這位男士是聖人。悉達多從來沒有如此敬仰一個人，從來沒有像愛戴他一樣愛戴過一個人。

兩人跟隨著佛陀走進了城市又默默走了回來，因為他們自己想要在這一天化得一餐。他們看見喬達摩回轉來，看見他在自己的門徒圈子中進食——他所吃的，連一隻鳥兒都餵不飽——看見他退身到了芒果樹的樹蔭下。

但是到了黃昏，當酷熱消停，屋內眾人都活躍起來、聚集起來，他們聽到了佛陀宣教。他們聽到了他的聲音，那聲音也是圓滿的，有著圓滿的寧靜，充滿平和。喬達摩在宣講苦難的教義，講苦難從何而來，講解除苦難的路徑。他的安靜宣講平靜而清澈。人生即受苦，塵世充滿苦難，但是脫離苦海的解脫之法已經找到：誰行佛陀之道，誰就可得解脫。

尊師用輕柔但堅定的聲音說著，傳授四諦八道[10]。他耐心地走著尋常的傳教、舉例、複述的道路，他的聲音明亮而寧靜地飄浮在聽眾上方，像是一道光，像是一穹星空。

當佛陀在夜色降臨之際結束了自己的宣講時，幾位朝聖者上前請求加入教派，皈依教義。喬達摩以這番話接收了他們：「你們已經聽悉了教義，教義已經宣告。那就走進佛門來，悟道成聖，終結一切苦難吧。」

看哪，喬文達也上前去，這羞怯的人，他也說道：「我也皈依尊師和尊師教義。」請求做門徒，被接收為門徒。

緊接著，當佛陀退到自己房中安眠時，喬文達轉向悉達多，急切地說道：「悉達多，我並不是要責怪你。我們兩人都聽了尊師的宣教，我們兩人都聽取了教義。喬文達聽了教義，皈依教義。可是你，我所敬者，你難道不願意走解脫之路嗎？你還要猶豫？你還要等待？」

悉達多聽到喬文達的話，彷佛從一場睡夢中醒來。他久久地看著喬文達的臉，然後輕聲地，用不含諷刺的音調說：「喬文達，我的朋友，你現在邁出了這一步。你現在選擇好了道路。哦，喬文達，你從以前就一直是我的摯友。你總是遲我一步行動。我常常想：喬文達會有一天，沒有了我，能完全從他自己的靈魂出發，獨自邁出一步嗎？看哪，現在你已經成了一個男人，自己選擇了你的路。願你這條路走到底，哦，我的朋友！願你找到解脫！」

---

10 四諦為苦諦、集諦、滅諦、道諦，說明人生充滿痛苦煩惱，要滅痛苦，唯有循正道進入涅槃。八正道即佛教僧侶修行以入涅槃的八種正當途徑，即正見、正思惟、正語、正業、正命、正精進、正念、正定。

喬文達還沒有完全明白，只是用不耐煩的語氣重複著他的問題：「說啊，我求求你了，我親愛的朋友！對我說，再無別的可能了，你、我博學的朋友，也會皈依尊師佛陀的！」

悉達多將自己的手放在喬文達的肩頭：「你沒有聽到我的祝福，哦，喬文達。我重複一遍：願你這條路走到底！願你找到解脫！」

在這一刻喬文達明白了，他的朋友已經離開他了。他哭了起來。

「悉達多！」他哀怨地喊道。

悉達多友善地對他說：「別忘了，喬文達，你現在已經是佛陀門下的沙門了！你已經棄絕了家鄉與父母，棄絕了出身和財產，棄絕了你自己的欲念，棄絕了友情。這是教義所願，這是尊師所願。這也是你自己所願。明天，哦，喬文達，我就要離開你。」

兩位友人又在樹叢中徘徊了許久，他們躺了許久，一直沒法入睡。喬文達一再催促自己這位朋友，要他告訴自己，為什麼他不願皈依喬達摩的教義、他在這教義中發現了哪些錯誤。但是悉達多每次都拒絕了他，說：「滿意吧，喬文達！尊師的教義極好，我怎麼會在其中找到一個錯誤呢？」

一大早，佛陀的一個追隨者、他最年長的僧人之一，穿過園子，將所有剛剛皈依教義的新教徒都叫到自己面前，要給他們穿上黃袈裟，教他們學習他們這個階級的信徒最基本的理義和職責。

這時喬文達也趕忙起身，又一次擁抱了自己少年時代的好友，然後加入了新人行列。

悉達多則沉思著漫步於林苑中。

這時他遇見了世尊喬達摩。他懷著敬畏問候佛陀，而佛陀的目光如此滿懷善意和安寧，這少年便鼓起了勇氣，請這位受人崇敬者允許他對其說幾句話。世尊默默點了點頭表示允許。

悉達多說：「哦，世尊，昨天我有幸聆聽了您的精妙教義。我和我的朋友從遠方來到此地就是為了來聽您宣教。現在我的朋友要留下了，他已經皈依了您。但是我要踏上新的朝聖之旅了。」

「隨你心意就好。」世尊謙和地說。

「我要說的話太過莽撞，」悉達多繼續說，「但我不想就此離開世尊，而不將我心中所想坦誠相告。世尊是否願意再給我片刻時間聽我說一說？」

佛陀默默點頭以示允許。

悉達多說：「您的教義中有一點，哦，最尊貴的人，是我尤其讚歎的。您的教義中一切都明白透徹，都已證明清楚；您將塵世展示為一個完整的，從來不曾也永遠不會中斷的鏈條，一個永恆的鏈條，由因果相連而成。這一點，從來沒有被看得如此清晰，從來沒有被講述得如此無可辯駁。每一個婆羅門體內的心臟，一定都會跳得更激動，如果他穿過您的教義，看到世界是如此完整的關聯體，全無斷裂，清澈如水晶，不依賴巧合，不受制於眾神。這世界是善是惡、這世間生活是苦是樂，都可擱置不論，也許都無關緊要——而這世界之為一體，萬事萬物相互連結，無論鉅細皆包含在同一河流中，皆在因緣流轉生滅的同一法則中，這一點從您的崇高教義中閃出明亮的光輝，哦，修道圓滿者！但是，按照您自己的教義，這萬物的統一與連貫，卻在一個地方發生了中斷。在這萬千合一的世界裡有一個小裂口，從中流出了陌生的、新的、前所未有的、無可展示也無可證明的東西：這就是您超脫這世界的教義，您的解脫教義。這個小裂口、這個小突破，又讓那整個唯一的、統一的世界法則破碎了，消解了。願您原諒我，我如此說出了我的質疑。」

喬達摩靜靜地聽他說著，一動不動。隨後這修道圓滿者用他那懷著善意、彬彬有禮而清澈的聲音說：「你已聽了教義，哦，婆羅門之子。可貴啊，你對教義做了如此深的思考。你在其中發現了一個缺口、一個錯誤。但願你能繼續對此思考下去。但是你要警惕，你這求知若渴的人，莫陷入意見的叢林和言辭的爭鬥。重要的並不是意見，意見有美或醜，有聰明或愚蠢，每個人都可信從或拋棄它。但是你從我這裡聽到的教義，不是一個意見。它的目的不是為渴求知識之人解釋這個世界。它的目的在別處，它的目的是解救人出離苦難。這才是喬達摩所傳之教，再無其他。」

「哦，世尊，願您不要對我發怒。」少年說，「我不是為了與您爭執、為了言辭的爭鬥，才對您說出這些話的。您說得確實對，意見並不重要。但是請讓我重複這一句：我對您沒有過片刻的懷疑，您是佛，您抵達了目的、最高的目的，成千上萬婆羅門和婆羅門之子都還在奔赴這目的的路上。您找到了脫離死亡的解脫。這解脫是從您自己的尋求中，在您自己的道路上，透過思考、透過入定、透過慧識、透過領悟而得的。它不是您透過教義而抵達的！沒有人，這是我的想法，哦，世尊，沒有人會由教義而得到解脫！沒有人，哦，可敬者，是您能夠用言辭、以教義來傳達和告知，您在悟道的那個時刻經歷了什麼的！得道的佛陀的教義中包含了許多，它可以教會人許多，過正直的生活，避開邪惡。但是有一樣是如此清澈通透、如此讓人崇敬的教義包含不了的：世尊自己所經歷的，千千萬人中唯有他經歷過的，這樣的祕密不在那教義中。這便是我在聽這教義時所想到的，所認識到的。這也是我要繼續遠遊的原因——不是為了尋找另一個更好的教義，因為我知道，沒有更好的教義了。我是要離開所有教義、所有師父，獨自抵達我的目的或者死去。但是我會常常回想這一天，哦，世尊，回想我的雙眼見到一位聖人的這個時刻。」

佛陀的眼睛靜靜地看著地面，他那深不可測的面容在完滿的鎮定從容中靜靜放出光輝。「願你的想法，」這可敬者緩緩地說，「不會是謬誤！願你能抵達目的！但是告訴我：你已經見過我的沙門信眾、我的許多皈依教義的兄弟了嗎？那你相信，異地來的沙門，你相信對所有這些人來說，離開教義，回到世間那欲念紛擾的生活，會更好嗎？」

「這樣一個想法是我永遠不會有的！」悉達多叫道。

「願他們所有人都留在教義這裡，願他們都抵達自己的目的！我絕不會去判斷另一個人的人生！只是對我，僅僅對我，我才必須判斷、必須選擇、必須拒絕。我們沙門教徒尋找對自我的解脫，哦，世尊。假若我現在是您的一個門徒，哦，可敬者，我擔心，我也許會有如此結果：我的自我只是在表面上，只是虛假地歸於寧靜以至消散，但是實際上它還繼續存在，還會變大，因為我會將教義，將我的追隨、我對您的愛，將僧人群體變成我的自我！」

喬達摩帶著隱隱的微笑，以無可動搖的明亮和友善，直視這位異鄉人的眼睛，用幾乎不可察覺的表情與他道別。

「你很聰明，哦，沙門。」可敬者說，「你懂得聰明地說話，我的朋友。小心不要太過聰明！」

佛陀悠然舉步離開了，他的目光和隱而不發的微笑都永遠刻在了悉達多的記憶中。「我從來沒有看到任何人如此看，如此微笑，如此坐，如此走路，」他想，「我真希望我也能這麼看、微笑、坐、走路，如此自由，如此可敬，如此安詳，如此坦然，如此天真，又如此充滿隱祕。這樣真切地看與走，只有已經洞穿了最深內在自我的人才做得到。是啊，我也會努力探入我內在最深的自我。」

「我見到了一個人，」悉達多想，「唯一一個讓我在他面前必須低眉垂眼的人，我再也不願在任何其他人面前垂眼了，再不會了。沒有教義會吸引我了，因為連此人的教義都沒有吸引我。」

「佛陀對我有所掠奪。」悉達多想，「他對我有所掠奪，但他贈予我的更多。他奪走了我的朋友，那曾經相信我的如今相信了他，那曾是我影子的如今是喬達摩的影子了。但是他贈給我悉達多，我自己。」

覺醒

悉達多離開那留居著佛陀、得道圓滿者，也留居著喬文達的林苑時，感到他也將他到此為止的人生留在身後，與自己分離了。這感覺充盈了他全身，在緩緩離去的路上一直縈繞他的思緒。他陷入沉思，彷彿穿過深水降到這感覺所在的水底，到達那原因所在之處。因為在他看來，認識原因即思考，唯有如此，感覺才會變為所知，而不會遺失，只會融入本質而開始散發出其蘊含之物的光芒。

在緩緩離去的路上，悉達多陷入沉思。他確認，自己已不再是少年，而是男人了。他確認，有一樣東西離開了他，如蛇蛻皮那般；有一樣東西不再留在他體內，那是曾經陪伴過他的整個少年時光，已經成為他的一部分的心願：擁有師父，聽取教義。在他的路途中現身的最後一位師父，就連這位最崇高最有智慧的師父，這最神聖者、佛陀，都留不住他，都必須與他分離，都不能讓他接受其教義。

這思考著的人兒越走越慢，他自問：「可是你原本想從師父和教義中學到的，到底是什麼呢？教給你如此多東西的師父無法教給你的，是什麼呢？」他自答：「是自我，我原本要學自我的意義和本質，是自我，我要掙脫，我要克服的是自我。但是我沒法克服它，只能哄騙它，只能逃離它，只能躲避它。確實啊，世界上再沒有其他事物能像我的自我這樣讓我思慮紛繁：我活著，我是單獨的人，與其他所有人分隔而獨立，我悉達多存在，這是個謎啊！世界上再沒有什麼事物，我知道的會比我自己、比悉達多更少了！」

這位在緩緩離去之際思考的人兒站住了，這念頭攫住了他。從這念頭中又冒出另一個來，一個新念頭：「我對自己一無所知，悉達多對我來說仍然這麼陌生而莫測，這出自唯一一個原因：我害怕自己，我在逃避自己！我尋覓阿特曼，我尋找婆羅門，我曾經想將我的自我撕碎剝開，好在他那不為我知的最內裡找到一切外殼之下的內核，阿特曼、生命、神性、終極。但是我這麼做，卻讓我與我自己失之交臂。」

悉達多大睜眼睛，環顧四周，一抹微笑盈滿了他的臉龐，一種從長長的夢裡醒來的深切感覺貫穿了他全身直至腳趾。他隨即又舉步走了起來，走得飛快，就像是知道了自己要成為什麼樣的男人那樣。

「啊！」他深深呼出一口氣，想道：「我現在不會再讓悉達多從我這裡溜走了！我再也不想從阿特曼、從塵世之苦開始我的思考和生活了。我再也不想為了在廢墟後找到祕密而殺死並粉碎自我了。《耶柔吠陀》[11]再也教不了我，《阿闥婆吠陀》[12]也一樣，禁欲修行也不行，任何教義都沒用。我想要在自己這裡學習，我想要做學徒，我想要認識自我，悉達多就是祕密。」

他環顧四周，就彷彿是第一次看到這個世界。世界多美，世界多麼五彩斑斕，世界多麼奇異而如謎一般！這兒是藍色，這兒是黃色，這兒是綠色，天空與河水共流淌，森林與群山齊靜立，一切都美，都充滿謎，都有魔力。而在這之中，他、悉達多、覺醒者，正向自己走去。這一切，這黃色藍色，這河流森林，都是第

11《吠陀經》第三部分，講祭祀。

12《吠陀經》第四部分，彙集巫術咒語。

一次透過眼睛進入悉達多，不再是魔羅[13]的幻術，不再是摩耶[14]的面紗，不再是表象世界的無意義而偶然的萬千樣貌。萬千表象在沉思的婆羅門眼中十分可鄙，他蔑視多樣性，而尋找恆一性。藍色便是藍色，河流便是河流。即使在藍色和河流中，在悉達多之中有那唯一、那神性隱藏，這神性的存在也恰恰是以如此一種方式和意義出現的：此處為黃色，為藍色，彼處是天空，是樹林，此處是悉達多。意義和本質並不是在萬物背後某處，而是在萬物之中。

「我以前是多麼耳聾，多麼愚鈍！」這快步前行者想著，「若有人讀一本書，想尋找這本書的意義，那他就不會蔑視字元和字母，不會稱它們為假象、偶然和無價值的外殼，而會讀它們，研究和熱愛它們。一個字母接著一個字母。可是我、想要讀世界這本書和我自己本質這本書的我，卻為了我事先揣度的意義而輕視了字元與字母，我將表象的世界稱作假象，將我的眼睛我的舌頭稱為偶然而無價值的表象。不，這都過去了，我覺醒了，我真的醒了，今天才算出生了。」

悉達多想著這些，又停住了腳步，如此突然，就好像他前面路上躺著蛇一樣。

因為他突然之間明白了：他確實就如一個大夢初醒或新出生之人，他必須讓自己的生活從頭來過，徹底一新。當他今天清晨離開祇園精舍、那位尊師的林苑，那時他便已覺醒，已經走在抵達自我的路上，他當時的意圖對當時的他來說是如此自然、如此順理成章，在這麼多年的禁欲修行之後，他要回到自己的家鄉、回到自己的父親身邊。但是現在，就在他驀然停步、就彷彿前路有蛇的這一刻，他又省悟到這一洞見：「我不再是之前的我了，我不再是禁欲修行者了，我不再是教士，不再是婆羅門了。我在家中，在我父親身邊又當何為呢？研修？祭祀？入定冥思？這一切都已經過去了，這一切都不是我的路了。」

悉達多一動不動地站在原地，有那麼一刻，呼吸之間的一瞬，他的心凍住了。當他看到自己是多麼孤單，他感覺到心在胸腔中像一隻小獸、一隻鳥或一隻兔子那樣凍僵了。他這麼多年都是離家漂泊，但從來沒有這樣的感覺。如今他感覺到了。曾經，就在那最遙遠的入定冥思中，他還依舊是他父親的兒子，是婆羅門，

13 魔羅，是佛教中奪人姓名而阻礙善行的惡魔，擅長誘惑人。

14 摩耶，即幻、虛幻、幻象。梵在世間顯示的一切都是摩耶，破除摩耶才可找到梵。

等級高貴，有志於精神之業。而現在他僅僅是悉達多、覺醒者而已，除此再無其他。他深深吸了一口氣，在這一刻他凍住了，渾身顫抖。沒有人像他這般孤單。沒有貴族不屬於貴族，沒有手工匠人不屬於手工匠人，沒有誰不會在同類中尋得庇護，與他們過一樣的生活，說他們的語言。沒有婆羅門不將自己算作婆羅門並與其他婆羅門共同生活，沒有禁欲修行者不會在沙門派階層中尋得落腳處，就連林中最落魄飄零的隱士也不是孤身一人，他身邊也有家屬，他也歸於一個階層，那是他的家鄉。喬文達成了僧人，上千僧人是他兄弟，穿著他穿的僧衣，信仰他的信仰，說他說的語言。而他呢，悉達多呢，他歸屬於何處？他與誰有一樣的生活？他說誰的語言？

當環繞他的世界煙消雲散，當他孤身一人如天空中的孤星一顆，從這一時刻中，從這個含有某種寒冷與沮喪的時刻中，悉達多升騰而起。比之前更豐沛的自我，更加緊密地凝聚為一體。他感到：這是覺醒者最後一次戰慄，是出生之際最後一次抽搐。他很快又走了起來，開始匆忙地快步前行，不再是往家中去，不再是去父親那裡，不再走回頭路。

第二部

獻給威廉・谷德特[15]
我在日本的表弟

15 Wilhelm Gundert，德國著名的東亞學者，長年從事中國與日本的佛教典籍研究。他的祖父即赫塞的外祖父Hermann Gundert。威廉・谷德特一九〇六年以傳教士身分到日本，長年致力於佛教研究，並將禪宗典籍《碧巖錄》翻譯成德語。他與赫塞聯繫密切，深深影響了赫塞對東亞文化的接受。

卡瑪拉

悉達多在路上每走一步，都會認識新事物，因為這世界已然變化，他的心為之迷醉。他看到山林之上的日出，遠方棕櫚樹海岸上的日落。他看到夜空中群星列陣，月鉤如舟在藍天中巡遊。他看到樹木、星辰、走獸、飛雲、彩虹、礁石、野草、鮮花、小溪和長河，看到樹叢裡晨露閃亮，遠處青峰積雪高聳，鳥兒啁啾，蜜蜂嗡鳴，風拂稻田起銀浪。這一切，如此姿態萬千、色彩繽紛，亙古永恆。日月光華從來如此，河流淙淙，蜂鳴嗡嗡，從來如此。然而在早前的時光裡，這一切對悉達多而言都無非是他眼前稍縱即逝的騙人面紗，被他以懷疑之心看待，注定要被思想穿透而毀滅，因為這不是本質，因為本質在可見之萬物的彼岸。但如今他那被釋放了的眼睛在此岸停留，看到了這一切，認識了萬物之可見，在塵世中尋找家園，不再尋找本質，不再以任何彼岸為目的。

這世界多麼美，只要是如此來觀看——如此無求，如此簡單，如此懷著赤子之心。當他如此行走於世間，如此心如赤子，如此覺醒，如此向近旁之物敞開，如此心無懷疑，他便發現星與月多麼美，溪與岸多麼美，林木與山石、山羊與金龜子、花兒與蝴蝶，這一切無不美而可親。頭頂烈日燙人，與此前不一樣，林翳予人清涼，與此前不一樣，溪水與積雨喝在口中，滋味與此前不一樣，南瓜與香蕉吃在口中，滋味與此前不一樣。

白日短，夜晚短，每一小時如此飛速逃逸，如同海面上一艘帆船，帆下是滿滿一船財寶、滿滿一船喜悅。悉達多看到一群猴子在森林中高高的樹冠上、高高的樹枝間遊蕩，聽到一陣充滿渴求的狂野歌聲。悉達多看到公羊追著母羊，與牠交尾。他在長滿蘆葦的湖裡看到一條梭魚在傍晚飢餓之時捕獵，在牠身前成群的小魚兒驚恐萬狀，閃電一般迅速逃竄，躍出水面。這凶猛獵手在水中攪起了飛轉的漩渦，其中湧動著強力與激情，散發出誘人的魅力。

這一切從來都在，他之前卻視而不見，並不留心於此。現在他身心皆在，他已是其中一部分。光與影在他的眼中飛逝而去，星與月都從他的心上漂移而過。

悉達多在路上也記起了他在祇園精舍裡體驗過的一切，他在那裡聽聞的教義，神明一般的佛陀，與喬文達的告別，與世尊的談話。他自己對世尊說出的話，他也記起來了，每一字每一句，他驚訝地發覺，他說出了他當時其實根本還不知道的事物。他曾對喬達摩說：佛陀的珍寶和祕密不是教義，而是不可說不可教者，也就是他在悟道那一刻的經歷——這正是出行路上他現在所體驗的、他現在開始體驗到的。他現在必須體驗自己。

也許他很早就知道，他的自我是阿特曼，是和婆羅門一樣的永恆本質。但是他從來沒有真正找到過這個自我，因為他想用思想之網捕獲它。當然這身體也不是自我，感官的遊戲也不是，思考也不是，知性也不是，從學習所獲的智慧也不是，從學習獲得的技藝——推導結論，從現有思想中織出新思想的技藝也不是。不，就連這思想世界也還是在此岸，將感官上偶然形成的自我殺死，並不會讓人抵達任何目的，卻餵飽了思想和學識的偶然之我。

這兩者、思想和感官，都是妙物，其後隱藏著終極意義；要聽這兩者、與這兩者遊戲，既不輕蔑也不看重哪一方，從這兩者中聽到最內在的隱祕聲音。他不想有任何作為，但求聽從那聲音吩咐而為，他不想在任何地方停留，但求按那聲音指點而留。喬達摩為什麼在萬千時辰中那關鍵一刻坐在了菩提樹下，在那一處獲得頓悟？他聽到了一個聲音，他自己內心中的一個聲音，它令他在那棵樹下休憩。他事先不曾苦行、獻祭、洗浴或禱告，既未進食也未飲水，既未入眠也未入夢，他僅僅聽從了那個聲音。就是如此聽從而已，不是聽從外來的命令，而是僅僅聽從那個聲音。就是如此坦然等候而已。如此便是好的。如此便是必要的。除此再無一事是必要的了。

深夜時分，他睡在河岸邊一個擺渡船夫的茅草屋裡，做了一個夢：喬文達站在他面前，身著一件黃色的禁欲修行服。喬文達神情悲戚，他悲戚地問：「你為什麼離開了我？」他聽了便去擁抱喬文達，用手臂環抱他，但就在他將喬文達拉到自己胸前親吻的時候，這人卻不再是喬文達，而變成了一個婦人，這婦人的衣袍裡湧出了飽滿的胸乳，悉達多躺在這胸上吸吮，這乳房的乳汁有著甜蜜濃烈的味道。這味道中有女人和男人，有陽光與樹林，有野獸和花朵，有一切果實，有一切歡欲。這乳汁讓人醉倒，失去知覺。——當悉達多醒來時，白光閃耀的河流從茅屋的門外透進光亮，樹林裡響起了一陣貓頭鷹的幽幽啼叫，低沉悅耳。

白日新啟，悉達多請求招待他的主人、那位船夫，將他擺渡過河。船夫用竹筏載他渡河，一片晨曦中寬闊的河水紅光粼粼。

「這條河很美，」他對這位陪伴他的人說。

「是啊，」船夫說，「一條非常美的河。我愛它勝過一切。我常常聆聽它，常常往它的眼睛裡看，總是從它這裡學到東西。從一條河這裡可以學到很多東西。」

「謝謝你，我的善人，」悉達多在另一邊上岸時說，「我沒有客人應備的贈禮給你，好人兒，也沒有酬金可付。我是一個四處漂泊的流浪人，是一個婆羅門之子、一個沙門僧人。」

「我已經看出來了，」船夫說，「我沒期待你付我酬金，也沒期待你給我贈禮。你下一次會帶給我贈禮的。」

「你這麼確信？」悉達多語調詼諧地說。

「確信啊。這也是我從河中學到的‥萬物循環往復！你、沙門僧人，也會回來的。保重吧！願你的友情可作我的酬勞。願你在向眾神獻祭時能想到我。」

他們微笑著彼此告別。悉達多微笑著為這船夫的友情與友善而欣喜。「他和喬文達一樣，」他微笑著想，「我在這路上遇到的所有人，都和喬文達一樣。所有人都那麼心懷感激，然而他們自己卻是值得我感激的。所有人都是那麼謙卑，所有人都樂意做我的朋友，願意聽從，卻少思考。這些人都是孩童啊。」

他在午餐時間走進了一個村子。在黏土修築的房屋前的巷子裡有孩子來回跑動，玩著南瓜子和貝殼，吵吵嚷嚷，打打鬧鬧，但看到這陌生的沙門僧人就都膽怯地躲開了。在村子盡頭，路前出現了一條小溪。在小溪旁邊有一個年輕的婦人跪著洗衣服。悉達多問候她，她抬起頭來，微笑著仰視他，他看到她的眼白如閃電晃過。他向她喊了一句祝福的話，就像旅行者常做的那樣，然後問她，從這兒到鄰近的大城市還有多遠的路。她站起身來，走到他面前。她年輕的臉龐與濕潤的嘴唇閃出美麗的光澤。她和他說起了調笑的話，問他是否吃了飯，問他沙門僧人是不是真的夜裡睡在樹林裡，不可有女子相伴。她一邊說著，一邊將自己的左腳擱在他的右腳上，做了一個挑逗的動作，那是女人用來招引男人、按書上所教的「攀樹法」與其交合的動作。悉達多覺得自己熱血上湧，他在這一瞬間記起了自己那個夢，朝著這婦人稍稍俯下身，嘴唇親吻了她的褐色乳尖。他再往上看時，看到她的臉上是飽含情欲的微笑，縮小了的雙眼流露的都是求歡的渴望。

悉達多也感受到了渴望，感到性欲在體內泉湧，因為他還從來沒有碰過一個女子。他猶豫了片刻，他的手卻已準備好了向她伸過去。就在這一刻，他驚悚地聽到了他內心的聲音，這聲音說不要。剎那間，年輕婦人微笑著的臉失去了一切魔力，他看到的不過是一隻發情的小母獸潮熱的目光。他友善地撫摸了一下她的臉頰，轉身離開，在那女子失望的目光裡步履輕盈地消失在竹林中。

在這一天的黃昏降臨前，他抵達了一座大城市，心中感到喜悅，因為他渴望人群。他在樹林裡生活太久了，而他昨夜住過的擺渡船夫的茅草屋，是他長久以來第一次棲居其下的屋簷。

城門前，在一座圍著籬笆的優美林苑旁邊，這流浪者遇到了一小隊男女僕人，都攜帶著小籃子。隊伍正中是四人抬著的一頂裝飾華美的轎子，轎子中有一名女子坐在紅色墊枕上、彩色遮陽篷下，這便是女主人了。悉達多在遊樂林苑的大門外佇立，注視這隊伍，看僕人、女侍從、籃子，看轎子，看轎子中那名淑女。他在高盤的黑色髮髻下看到一張格外明亮、格外溫柔、格外聰慧的臉，鮮紅的嘴唇如一枚剛剛採摘下的無花果，精心修理描畫的眉毛有高聳的眉峰，深色的眼睛機敏警覺，綠色金色交錯的上衣中露出白皙的脖頸，戴著寬大黃金手鐲的雙手光潔修長，靜靜擱在膝蓋上。

悉達多看到了她有多美，他的心為之歡笑。他在轎子靠近時深深鞠了一躬，再起身時目光投向了那張明亮柔和的臉，在那靈巧流盼的雙眼中博得了一個瞬間，呼吸到了他前所未知的一縷芳香。那美麗的女子微笑著點點頭，短短一瞬而已，接著就消失在了林苑中，身後是一個個僕人。

「我便這樣走進了這座城，」他想，「有如此一個優美動人的徵兆籠罩。」他真想立刻走入園中，但是他又想了想，意識到那些僕人和女侍在大門口是如何打量他的，他們看他時有多麼輕蔑，多麼猜忌，多麼排斥。

「我還只是一個沙門僧人，」他想，「依舊還是一個修道者和乞討者。我這般模樣是不可留在此處的，也是不可走進園子的。」他大笑。

他向下一個路人詢問這林苑、這位女子的名字，知道了這是社交名媛卡瑪拉的園子，知道了她除了這處園子，在城中還有一處住宅。

然後他就進了城。如今他有了一個目標。

他追隨他的目標，任自己被這座城市吸引，在街巷中隨波逐流，在廣場上靜立，在河邊石階上歇息。到了傍晚，他結識了一個理髮幫工，他看到他在一個拱門的陰影中工作，之後又在一座毗濕奴[16]神廟遇到他在禱告，悉達多給他講述了毗濕奴和吉祥天女的故事。他夜裡睡在河邊停泊的船裡，第二天清晨，在第一批客人走進店裡之前，他讓這位理髮幫工給自己剃去鬍鬚，修剪、梳理了頭髮，在頭髮上塗了上好的油膏。然後他走到河中沐浴。

下午較晚的時候，美麗的卡瑪拉乘著轎子走近自己的林苑時，悉達多站在大門口，鞠躬，接受這位名媛的問候。他向隊伍中走在最後的那位僕人揮揮手，請他通知他的女主人，說有一個年輕的婆羅門期望和她談話。過了一會兒，這僕人走了回來，請等待著的悉達多跟他走。他默默帶著跟隨他的悉達多走進了一座亭子，

16 印度教三大主神之一，梵天司創造，濕婆主毀滅，毗濕奴則負責維護。

卡瑪拉就躺在亭中一張床榻上，他將悉達多獨自留在了卡瑪拉身邊。

「你不是昨天就站在門外，問候過我了嗎？」卡瑪拉問。

「我昨天確實已經見到了你，問候過你。」

「但你昨天不是還留著鬍子和長髮，頭髮裡還滿是灰塵嗎？」

「你觀察得仔細，你什麼都看到了。你看到了悉達多、婆羅門之子，他離開家做了沙門僧人，三年之久都是沙門僧人。但是我現在離開了那條路，走進了這座城。而我在進城之前遇到的第一個人就是你。我到你這裡來，就是要對你說出這些話，哦，卡瑪拉！你是第一個讓悉達多沒有低垂眼睛就可以交談的女人。我如果再遇到一位美麗女子，絕不會再想垂下眼睛了。」

卡瑪拉笑了，把玩著孔雀羽毛做的扇子，然後問：「悉達多就是為了告訴我這些話，才到我這裡來的嗎？」

「為了告訴你這些話，為了感謝你，感謝你這麼美麗。如果你不介意，卡瑪拉，我想請你做我的女友和導師，因為我對你所精通的藝術還一無所知。」

卡瑪拉放聲大笑。

「我還從來沒有遇到過這樣的事，朋友，一個沙門僧人從樹林裡出來，到我這裡來，想跟我學習！我還從沒有經歷過，一個留著長髮、裹著一條破舊的遮羞布的沙門僧人會來找我！許多年輕人來找過我，其中也有婆羅門之子，但他們都是穿著漂亮衣服來的，他們都是穿著精美鞋子來的，他們頭髮裡有香味，口袋裡有錢。沙門僧人啊，來找我的年輕人都是那般樣子的。」

悉達多說：「我已經開始向你學習了。昨天我就已經學到了東西。我已經剃去了鬍子，梳理了頭髮，給頭髮上了油膏。我還缺少的，你這妙人兒，不過寥寥幾樣了：精緻的衣服、精緻的鞋子、袋中的錢。要知道，悉達多曾立志要做的，比這瑣碎之物都難，而他已經做到了。我昨天就已經決心要做的，我怎會做不到呢？我要做你的男友，跟你學會情愛的歡樂！你會看到我多麼容易教，卡瑪拉。你要教給我的，比它更難的我都學會過。所以說，如今這個悉達多，對你來說還不夠嗎？就他現在這樣，頭髮上塗油，卻沒有衣服、沒有鞋、沒有錢？」卡瑪拉大笑著叫喚道：「不，尊貴的先生，他還不夠！他還得有衣服、漂亮的衣服，還得有鞋子、漂亮的鞋子。口袋裡還要有許多錢，好給卡瑪拉送禮物。你現在知道了吧，從樹林裡走出來的沙門僧人？你記住了嗎？」

「我會好好記住的。」悉達多高聲說道，「從這樣一張嘴裡說出的話，我怎麼會記不住？你的嘴就像是剛剛採摘下來的一枚無花果，卡瑪拉。我的嘴也是紅的鮮嫩的，它會配得上你的嘴的，你會看到的。——可是告訴我，美麗的卡瑪拉，你難道對從樹林裡出來，來找你學習情愛的沙門僧人一點都不害怕嗎？」

「我為什麼要害怕一個沙門僧人，一個從樹林裡出來、從胡狼群裡出來、連女人是什麼都還不知道的笨沙門？」

「哦，沙門僧人，他是強大的。他什麼都不怕。他能強迫你，美麗的女孩兒。他能劫掠你。他能讓你痛苦。」

「不，沙門僧人，我不害怕這些。一個沙門僧人或一個婆羅門會害怕有人來到他面前，抓起他，奪走他的學識、他的虔誠和他的沉思嗎？不會的，因為這都是歸他所有的，他只會交出他願意交出的，只會交給他願意交給的人。就是這樣。卡瑪拉也是這樣，情愛的歡樂也是這樣。卡瑪拉的嘴鮮紅美麗，但是你若反抗卡瑪拉的意志來親吻這張嘴，你就沒法從它這裡得到一滴甜蜜，雖然它懂得送出那麼多甜蜜！你要真是容易教的，悉達多，那就學會這一樣：情愛可以來自乞求，來自收買，來自贈與，可以在街頭巷尾求得，但就是沒法強搶而得。你要想劫取它，就是想出了一條歧路。不，像你這麼一個英俊的青年，如果要以這麼錯誤的手段來攫取它，那真是太可惜了。」

悉達多微笑著彎腰鞠躬，「那樣確實太可惜了，卡瑪拉，你說得多麼正確！那樣真太可惜了。不，我不會從你的嘴上丟失一滴甜蜜，你也不會從我的嘴這兒失去一滴甜蜜的！那就這樣吧，悉達多還會再來，等他擁有了他還缺少的那些：衣服、鞋子、錢。但是請說一說，溫柔的卡瑪拉，你能給我一個小建議嗎？」

「一個建議？何樂不為呢？誰不想給一個貧窮又無知的沙門僧人、從樹林裡胡狼群裡出來的僧人，一個建議呢？」

「親愛的卡瑪拉，那就請指點我：我該去哪裡，才能最快得到那三樣東西？」

「朋友，這是很多人都想知道的。你必須做你已學會做的，讓人為此付錢，為此給你衣服和鞋子。不然，一個窮人是沒法弄到錢的。你會做什麼呢？」

「我會思考。我會等候。我會齋戒。」

「就不會別的了？」

「別的都不會。哦對了，我還會作詩。你願意為了得到一首詩而給我一個吻嗎？」

「我願意，如果這首詩讓我喜愛。這首詩叫什麼？」

悉達多思考了片刻，就說出了這樣的詩句：

園中樹蔭濃，步入美人卡瑪拉，
門前膚色深，立有沙門貧苦娃。
蓮花賽容顏，沙門一見深低首，
微笑拂人面，卡氏致謝不回頭。
少年心中念，祭拜諸神尤可嘉，
終究比不過，祭拜美人卡瑪拉。

卡瑪拉大聲鼓起掌來，引得黃金手鐲噹啷作響。

「你的詩句真美，深膚色的沙門僧人。確實，我要是為了這詩句給你一個吻，我也絲毫不虧。」

她用眼神引他靠近自己，他低頭將臉貼上她的臉，將嘴貼在那如同一枚剛採摘的無花果一樣的嘴上。卡瑪拉吻了他許久，悉達多深感驚訝，她竟是如此來教他，她是如此有智慧，她是如此掌控他，回絕他又勾引他，在最初的一吻之後又是一長串精心排列、仔細試驗過的吻，每一個吻都和等著他的其他吻不一樣。他做著深呼吸，保持站立，在這一刻就如同一個孩子一樣驚奇於他眼前鋪展開的豐盈的知識和可學之事。

「你的詩句非常美，」卡瑪拉叫道，「如果我是富人，我就會為它付給你金幣。但要用這些詩句賺夠你需要的錢，並不容易。因為你想要做卡瑪拉的情人，就需要許多錢。」

「你多麼會親吻啊，卡瑪拉。」悉達多喃喃地說。

「是啊，我是會親吻，所以我也從不缺衣服、鞋子、手鐲和所有美的物品。但你會有何作為呢？你除了思考、齋戒和作詩，就什麼都不會了嗎？」

「我也會唱祭祀歌曲，」悉達多說，「但我不想再唱那些曲子了。我也會念咒語，但我也不想再念那些咒語了。我讀過典籍——」

「等一下，」卡瑪拉打斷他，「你會讀書？還會寫字？」

「我當然會。總有人是會這些的。」

「大多數人還不會呢。我也不會。你會讀書寫字，這很好，很好。咒語你也能用得上的。」

這時，一位女僕跑了過來，往女主人耳朵裡悄悄說了幾句話。

「我有客人來，」卡瑪拉叫道，「快，快消失，悉達多。不能讓人在這裡見到你，你要記住！明天我再見你。」

然而她還是吩咐女侍從，給這位虔誠的婆羅門一件白色上衣。還不知道是怎麼回事，悉達多就被女侍從拉開了，繞著道出了林苑裡的宅子，得到了一件上衣，被帶到了樹叢裡，被人著急地催促，盡快不被察覺地走出林苑去。

他心滿意足地聽從了給他的命令。他是習慣了樹林的，悄無聲息就出了林苑，跨過了籬笆。他心滿意足地回到了城中，手臂下夾著折疊起來的上衣。在一所供旅客出入的客棧裡，他站到門口，默默地乞求食物，默默地接過了一塊米餅。明天，他想，我也許就不再需要向人乞食了。

突然間他心中就燃起了驕傲。他不再是沙門僧人了，他不再依靠乞討為生了。他將米餅給了一條狗，沒有進食。

「在這人世間所過的生活很簡單。」悉達多想，「沒有什麼困苦。當我還是沙門的時候，一切都艱難、費力，到最後毫無希望。現在一切都容易，就像卡瑪拉教我的吻之課那般容易。我需要衣服和錢，除此之外再無其他。這都是近處的小目標。這些目標不會擾亂人的安眠。」他打聽了很久卡瑪拉在城中的住宅，另一天才找上門去。

「事情都妥了，」她朝他喊道，「卡瑪斯瓦米在等你。他是這座城市裡最富有的商人。如果他喜歡你，就會給你工作做。機靈一點，深膚色的沙門僧人。我讓其他人在他面前說起了你。要對他示好，他很有權勢。但是不要卑下！我不想你成為他的奴僕，你應該成為可與他平起平坐的人。不然的話我對你可就不滿意了。卡瑪斯瓦米漸漸老了，懶散了。他要是喜歡你，就會把許多事情託付給你。」

悉達多感謝了她，開懷大笑。當她得知他昨天今天都沒吃過東西，就讓人送來了麵包和水果，招待他吃起來。

「你運氣真好，」她告別的時候說，「一扇又一扇的門為你打開了。怎麼會這樣呢？你有魔法嗎？」

悉達多說：「昨天我跟你說過，我懂得思考、等候和齋戒。你覺得這些毫無用處，但它們其實很有用，卡瑪拉。你會看到的。你會看到，樹林裡的笨沙門學會了很多好東西，那是你們都不會的。前天我還是一個蓬頭垢面的乞丐，昨天我就親吻了卡瑪拉，很快我又會成為商人，會有錢，會擁有所有你看重的物品。」

「是啊，」她承認道，「但沒有了我你會怎樣呢？如果卡瑪拉沒有幫你，你會是什麼呢？」

「親愛的卡瑪拉，」悉達多邊說邊站起身來，「當我走進你的林苑來找你的時候，我邁出了第一步。我的決心就是，要在這位最美的女人這裡學會情愛。從我下定決心的那一刻起，我就知道我會實現它。我知道你會幫我，在林苑大門口看到你的第一眼，我就知道了。」

「假如我不願意幫你呢？」

「你已經願意了。你看，卡瑪拉：如果你扔一塊石子到水裡去，它就會找到最快的路沉到水底。而悉達多只要有了一個目標、一個決心，也會是這樣。悉達多什麼都不做，他等候，他思考，他齋戒。可是他就像石頭穿過水一樣穿過了世間萬物，卻未做一事，不為所動；他被拉動，他任自己落下。他的目標將他吸引過去，因為他不讓任何可能與這目標相悖者進入自己的靈魂。這就是悉達多在沙門教派那裡學會的。這就是那些愚人所稱的魔法，他們以為是妖魔造就了這力量。妖魔什麼都造就不了。根本沒有妖魔。每個人都可以施魔法，每個人都可抵達自己的目標，如果他能思考，能等候，能齋戒。」

卡瑪拉聽著他說話。她愛他的聲音，她愛他眼中的目光。

「也許就是這樣，」她輕聲說，「就是你說的這樣，朋友。然而也有可能是，悉達多是個英俊的男子，女人都喜歡他的目光，所以他總是有好運氣。」

悉達多以一個吻作了告別。「但願如此，我的女導師。但願你永遠喜歡我的目光，但願你永遠會讓我得到好運。」

在心如孩童之人身邊

悉達多來到了商人卡瑪斯瓦米家中，這是一棟豪宅，僕人帶著他經過珍貴的掛毯，走進了一間小房間。他在這兒恭候一家之主。

卡瑪斯瓦米走了進來，這是位行動迅速、反應敏捷的男士，頭髮已經花白了不少，雙眼格外機警，洞察秋毫，嘴卻流露貪婪之色。主賓相見，互致問候，氣氛融洽。

「有人告訴我，」商人開口說道，「你是一位婆羅門、一位學者，但你卻在一位商人這裡找事做。你陷入困境了嗎，婆羅門，居然要找事做？」

「不，」悉達多說，「我沒有陷入困境，從來沒有過。您要知道，我是從沙門僧人那裡來的，我和他們一起生活了很久。」

「如果你是從沙門僧人那裡來的，那你怎麼會不困苦呢？沙門僧人不都是身無分文嗎？」

「我是身無分文，」悉達多說，「如果你所說的困苦是指這個的話。我當然是身無分文的，但是我自願如此，而非陷入困境。」

「然而你如果身無分文，那你想靠什麼生活呢？」

「我還從來沒有想過，先生。我三年多來都身無分文，從來沒有想過我要靠什麼生活。」

「那你就是靠其他人接濟來生活了。」

「這麼想來確實是這樣。不過，商人也是靠他人的資產生活。」

「說得好。但商人不是憑空從別人那裡收取錢財，他會把自己的貨物給他們作為交換。」

「世事確實皆如此。每人有所得，每人有所予，生活便是這樣了。」

「但恕我冒昧：如果你身無分文，你想給予別人什麼呢？」

「每人給出的，都是自己所有的。戰士出力氣，商人出貨物，教師出教義，農民出米，漁夫出魚。」

「非常好。那你又有什麼可給的呢？你所學的、你能做的，又是什麼？」

「我能思考。我能等候。我能齋戒。」

「就這些？」

「我想，就這些了。」

「這些有何用處？比如齋戒——可以用來幹嘛？」

「齋戒這事極好，先生。如果一個人沒有任何吃的，那麼齋戒就是他能做的最聰明的應對之法。假設悉達多沒有學過齋戒，那麼他今天就必須接受某個差事，不論是在你這裡還是在任何地方，因為飢餓讓他別無選擇。但現在悉達多就可以安靜等候，他不會覺得急躁不安，不會覺得身處危難。他可以讓飢餓包圍自己而報以大笑。這，先生，就是齋戒的用處。」

「你說得對，沙門僧人。那就稍等片刻。」

卡瑪斯瓦米走了出去，帶了個捲軸回來，遞給他的客人，同時問道：「你能讀懂這個嗎？」

悉達多看了看這捲軸，上面寫的是一份買賣合約，他便開始念誦這合約的內容。

「太棒了，」卡瑪斯瓦米說，「你願意為我在這頁紙上寫點東西嗎？」

他給了悉達多一張紙和一支筆，悉達多寫好了，將紙還給他。

卡瑪斯瓦米念道：「寫字也好，思考更佳。聰明也好，忍耐更佳。」

「你滿會寫的啊。」商人誇獎道，「我們日後還有的聊。今天我就請你做我的客人，在這座宅子裡住下吧。」

悉達多致謝，同意了，從此就住在商人的宅子裡。有人給他送來了衣服和鞋子，一個僕人每天侍候他沐浴。每天有兩頓豐盛的佳餚，但悉達多一天只吃一餐，既不吃肉也不飲酒。卡瑪斯瓦米向他講述自己做的生意，給他看貨物和倉庫，給他看帳本。悉達多學會了許多新東西，聽得多、說得少。他記著卡瑪拉的話，從不把自己當作低於商人的人，要求商人將自己看作與他相等的、甚至超過同等的人。卡瑪斯瓦米做生意很細心，常常熱情飽滿，但是悉達多將一切看在眼裡，都當是遊戲，他努力學會這遊戲的規則，遊戲的內容卻觸動不了他的心。

在卡瑪斯瓦米家中沒住多久，他就開始幫著商人做生意了。但是每天一到美麗的卡瑪拉召喚他的時辰，他就會去看望身著綺麗衣裳、腳踏精美鞋子的她。很快他也能為她獻上禮物了。她那鮮紅而機智的嘴教會了他許多。她那溫柔而靈巧的手教會了他許多。他在情愛中還是個稚嫩的男孩，總像是盲了眼，一頭栽進歡愛裡而不願停歇，彷彿任由自己落入無底洞裡。而她從根基處往上，教給他這個道理：不給予歡愛，就不可收受歡愛；每一個神情，每一次撫摸，每一次觸碰，每一次注視，身體上每一個細微之處都各有其祕密，喚醒它們就會讓洞察奧祕者倍感愉悅。她教導他，相愛者在一場歡愛之後，若沒有對彼此由衷讚美，若不是既征服了對方又被對方征服，就不得分離，這樣才不會有任何一方心生厭倦和乏味，滋生出利用了對方或被對方利用的不快感受。他在這位美麗而機智的女藝術家身邊度過了美妙的時光，成為她的學徒、她的戀人、她的摯友。他當下生活的價值和意義在卡瑪拉這裡，而不在卡瑪斯瓦米的生意裡。

那位商人委託他撰寫重要的信函和合約，已經習慣了一切重要事情都找他商量。他很快看出來，悉達多對稻米棉花、航運貿易所知無幾，但是他的手是幸運之手，悉達多的寧靜和從容，傾聽和探入他人內心的技藝都勝過他這位商人。

「這個婆羅門，」他對一位朋友說，「不是真正的商人，永遠也做不了真正的商人，他的靈魂永遠不會滿懷激情地投入商業。但是他有著那一類人的訣竅，這類人總會輕易得到成功的眷顧。也許這是因為出生時就高照他的吉星，也許這是因為魔法，也許這是因為他在沙門教徒那裡學到的本事。他看起來總是只把生意當作遊戲，這些生意永遠走不進他的內心，它們永遠不會主宰他，他永遠不會害怕失利，他永遠不會為虧損而憂心。」

這位朋友建議商人說：「他幫你做的生意，有利潤的話就分給他三分之一，但是如果有虧損，他也要承擔同樣多的虧損。這樣他就會變積極了。」

卡瑪斯瓦米接受了這個建議，但是悉達多對此無動於衷。有利潤分給他，他淡然接受；有虧損要分擔，他只是大笑，說：「哎喲，看啊，這一次還真不順！」

看起來，生意對他來說確實無關緊要。有一次他到一個村子裡去收購一大批稻穀。等他到了那裡，稻穀已經被另一個商人買走了。可是悉達多還是在那個村子裡逗留了幾日，招待了農民，送給他們的孩子銅幣，參加了一場婚禮，然後才心滿意足地回來。卡瑪斯瓦米指責他沒有立即返回，指責他浪費時間和錢財。悉達多回答道：「別責罵我了，親愛的朋友！責罵向來都於事無補。要是有什麼損失，都由我來承擔。我對這次旅行非常滿意。我認識了許多人，一位婆羅門成了我的朋友，孩子都爬到我的膝蓋上來，農民帶我看他們的稻田，沒有人把我當作一個商人。」

「好極了，一切都很好，」卡瑪斯瓦米怒氣沖沖地說，「可是你實際上就是個商人啊，我就是派你去經商的啊！還是你這一趟只是為了讓自己開心？」

「當然囉，」悉達多笑了，「我當然是為了自己開心才做了這次旅行。不然還會為了什麼呢？我認識了新的人和地方，我享受了友善和信任，我找到了友情。你看啊，親愛的，假如我是卡瑪斯瓦米，一看到自己的生意沒做成，就立刻滿肚子怒火，急急忙忙往回趕，那樣才真是浪費了時間和金錢呢。而我呢，過了幾天好日子，得到了新知識，享受了快樂，沒有因為惱火和焦急而損害自己或其他人。如果我有機會再去那裡，比如說去收購晚收的糧食，或者不管為了什麼目的，那裡的好人兒都會友善又歡快地接待我，我會為此讚美我自己之前沒有表現出焦急和不快。所以就此放下吧，朋友，別用責罵損害了你自己！如果有朝一日你覺得這個悉達多給你造成了損失，只要你說一個字，悉達多就會自奔前程去。但是在此之前我們還是彼此相安無事吧。」

商人也嘗試著想要說服悉達多承認，自己是靠著他、卡瑪斯瓦米的麵包過活的。但也都是白費力氣。悉達多吃的是他自己的麵包。更準確地說，他們兩人吃的都是別人的麵包，是所有人的麵包。悉達多從來沒有用哪隻耳朵來傾聽卡瑪斯瓦米的憂慮，而卡瑪斯瓦米總是有很多憂慮。要嘛是一筆生意正面臨失敗，要嘛是一次出貨在路上丟失，要嘛是一個債務人沒法還錢，卡瑪斯瓦米從來都沒辦法讓悉達多相信，因煩惱和憤怒而失言、額頭上平添皺紋、睡不安穩覺會有什麼益處。有一次卡瑪斯瓦米當著他的面，說他懂得的一切都是從卡瑪斯瓦米這裡學來的，他就回答道：「別想用這樣的玩笑話來教訓我！我從你這裡學會的，是滿滿一籃魚值多少錢，放貸的錢可以徵收多少利息。這都是你的知識。但是思考不是我從你這裡學到的，高貴的卡瑪斯瓦米。你最好向我學習思考。」

他的靈魂確實沒有寄放在經商上。做生意好就好在他有錢帶給卡瑪拉，而且遠比他需要的錢還多。除此之外，悉達多在意的、好奇的是人。這些人的生意、手工活、煩惱、娛樂和蠢笨，在以前的他眼中都是和月亮一樣遙遠陌生。如今的他，是如此容易與所有人交談，與所有人一起生活，從所有人那裡學到東西。但他也同樣強烈地意識到，有一樣事物將他與他們分隔開。這便是他的沙門屬性。他看見眾人以一種孩童的或動物的方式碌碌度日，他對這方式既喜愛又鄙視。他看見他們為各種事物辛勞、受苦、蒼老，但那些事物在他眼中並不值得付出如此代價：金錢、些小的享樂、些小的榮譽。他看見他們互相辱罵，他看見他們為沙門只會報以微笑的痛苦哀嚎，為沙門不會感受到的匱乏煎熬。

他坦然接受這些人帶給他的一切。他歡迎向他出售亞麻布的商販，他歡迎找他借貸的債務人，他歡迎給他講了足足一個小時自己貧困故事的乞丐，他的貧窮程度卻不及任何一個沙門的一半。他對待外國富商的態度沒有絲毫不同於他對待給自己剃鬍鬚的僕人、賣給他香蕉時多占幾枚小硬幣便宜的街頭小販。當卡瑪斯瓦米到他這裡來哀歎自己的煩憂，或者為了一樁生意而指責他的時候，他都好奇而歡快地聽著，為這商人驚訝，試著理解他，承認他有些道理；雖然這富商是如此離不開他，但他還是轉身離開了富商，朝下一個盼著見他的人而去。許多人都來找他，其中許多是為了跟他做生意，許多是為了哄騙他，許多是為了傾聽他，許多是為了喚起他的同情，許多是為了得到他的建議。他給建議，表示同情，贈送禮物，讓自己受點騙。這整個遊戲和所有人玩這遊戲的熱情，都如此占據著他的思緒，正如之前諸神和婆羅門教曾經占據他的思緒那樣。

他有時候會在胸中深處聽到一個輕微的垂死之聲，在輕輕警告，輕輕哀怨，輕得讓他幾乎聽不到。接下來的一個小時，他意識到他過著一種怪異的生活，他所做的種種事，不過只是一場遊戲，他儘管興致盎然，偶爾也感覺歡愉，但真正的生活卻從他身邊流走而不曾觸碰他。他就像打球的人玩弄手上的球一樣玩弄生意，玩弄他周圍的人，注視他們，從他們身上取樂；但他的心不在此處，他的本質之源不在此處。那源泉在某處流淌，與他相隔遙遠，流淌不息而不可見，與他的生活再無關聯。他有幾次被這樣的想法嚇到，心生渴望，但願自己也能以飽滿熱情，全心投入這日常的孩童之舉，真正地生活，真正地行動，真正地享樂，而不是充當旁觀者。

他總是一再拜訪美麗的卡瑪拉，學習愛的技藝，練習歡情的儀式，這其中授予和獲取是如此無與倫比地合二為一。他與她閒聊，向她學習，給她建議，接受建議。她懂他，比喬文達當年更懂他，她與他更相似。

他有一次對她說：「你和我一樣，你和大多數人不同。你是卡瑪拉，僅此而已。在你內心裡有寧靜與庇護，你每時每刻都能遁入其中，在你自身找到家的歸宿，我也是如此。很少人擁有這樣的內心，但是所有人本都可以擁有它。」

「不是所有人都聰明。」卡瑪拉說。

「不，」悉達多說，「這不是問題所在。卡瑪斯瓦米和我一樣聰明，卻沒有在內心中擁有庇護之處。而另一些人，心智不過與幼童相當，卻擁有這樣的庇護。大多數人呵，卡瑪拉，就像是在空中盤旋飄落的葉子，搖搖擺擺降落在地。但是另一些人、少數人，卻如同恆星那樣，有著自己的固定軌道，沒有風能觸及。他們自己內心有著自己的規則和道路。在我認識的那許多學者和沙門中，只有一個是這樣，是修行圓滿者。我永不會忘記他。他便是那位喬達摩、世尊，他將此教義傳授與人。上千門徒每天都聆聽他講法，每時每刻遵循他的規定，但是他們所有人都是飄落之葉，自己內心中並沒有教義和規則。」

卡瑪拉微笑著打量他。「你又說起他了，」她說，「你又動起了沙門心思。」

悉達多沉默不語，他們做起了情愛遊戲，卡瑪拉通曉的三十或四十種遊戲中的一種。她的身體如豹子的身體或者獵人的弓一樣柔韌可彎；誰要隨她學習情愛，就會獲悉許多享樂、許多奧祕。她與悉達多遊戲了許久，招引他，拒絕他，強迫他，纏繞他，為他技藝之嫻熟而欣喜，直到他被征服，筋疲力盡地躺到她身邊歇息。

這妓女俯身到他身上，久久地看著他的臉，凝視他睏乏了的雙眼。

「你是我所見過的，」她想了想說，「最傑出的情人。你比其他人都強壯、柔韌、投入。我的技藝，你學得真好，悉達多。等我將來年紀再大些，我想和你要一個孩子。可是，親愛的，你終歸還是一個沙門，你還是不愛我，你什麼人都不愛，對嗎？」

「有可能。」悉達多疲憊地說，「我和你一樣。你也不會愛上人——不然你怎麼能把情愛作為技藝來演練？我們這樣的人也許是沒法愛戀的。心如孩童的人可以，這是他們的祕密。」

輪迴

悉達多在塵世歡場的生活裡盤桓了許久，卻並未融入其中。他在炎熱的沙門歲月中殺滅的感官重又甦醒，他品嘗了財富，品嘗了淫樂，品嘗了權力；但是很長時間裡，他在內心深處還是一個沙門，這一點，聰明的卡瑪拉看得很準。引領他的人生的，仍然是思考、等候、齋戒的藝術。塵世眾人、心如孩童之人，還是讓他覺得陌生，正如他也讓他們覺得陌生一樣。

一年年的時光飛逝，而包裹在安樂中的悉達多幾乎沒感覺到歲月流逝。他成了富人，早就擁有了自己的奴僕和私宅、一座臨水的城郊花園。大家喜歡他，需要錢或建議的時候都來拜訪他，但是沒有一個人與他相近，除了卡瑪拉。

他在自己的青春盛期，在聽喬達摩傳教、與喬文達分離之後的那段日子裡曾體驗過一種高昂而明亮的清醒狀態，那種緊張的期待，那種無師父也無教義所臨照的驕傲獨處，隨時準備聽取自己內心中神性聲音的靈活姿態，如今它們漸漸成了回憶，流逝而去；神聖源泉遙遠而輕聲地淙淙流淌，它曾經近在身旁，它曾經在他自己的內心裡潺潺流動。他從沙門那裡、從喬達摩那裡、從他的婆羅門父親那裡學到的許多東西，雖然還久久地留在他這裡：有節制的生活，歡樂與思考，入定冥思的時刻，對自我、既非肉身也非意識的永恆之我的祕密知識；其中某些留在了他的內在之中，但也一樣接一樣地沉落而蒙塵。就如陶匠手中的轉盤，一旦啟動，就會久久旋轉，漸漸疲倦而緩緩停下。悉達多靈魂中的禁欲之輪、思考之輪和區分之輪也久久地轉著，仍舊在轉，但已經慢了下來，躊躇起來，接近停止了。如同水分滲入將死的樹木殘幹，慢慢將它填滿，讓它腐爛，悉達多的靈魂中也滲入了塵世與遲惰，緩緩被它們填滿，變得沉重，變得疲倦，被它們催眠。但他的感官卻由此變得活躍，它們學到了許多，經歷了許多。

悉達多學會了做生意，對人施用權力，與女子享受歡情；他學會了穿美麗的衣裳，指揮奴僕，在氣味芳香的水中沐浴。他學會了吃精心細緻地烹製而成的菜餚，還有魚肉飛禽、調料與甜品，學會飲讓人懶散健忘的酒。他學會了玩骰子下棋，學會了注視女舞者，學會了坐在轎子裡讓人抬，學會了在軟床上安睡。但是他仍舊覺得自己與他人不一樣，高於他們。他仍舊帶著輕微的嘲諷旁觀他們，那嘲諷中的蔑視，是一個沙門對凡俗中人始終都懷有的蔑視。

當卡瑪斯瓦米染病的時候、惱火的時候、感覺受了侮辱的時候、被自己的商人憂思所折磨的時候，悉達多總是帶著嘲諷看著他。只是漸漸地，不知不覺中，隨著豐收季與雨季相繼來去，他的嘲諷疲乏了，他的優越感收斂了。只是漸漸地，在他日益增長的財富之中，悉達多自己也滋生了心如孩童的眾生的品性，那種天真和膽怯。但是他羨慕他們；他越是變得與他們相似，就越是羨慕他們。他羨慕他們的，是他們有而他缺少的東西，是他們能給自己的人生賦予的重要性，是他們的喜樂恐懼中所含的激情，是他們永在愛戀的那種擔憂卻又甜蜜的幸福。

這些人總是會愛上自己，愛上女子，愛上他們的孩子，愛上榮譽或金錢，愛上計畫或希望。可是他卻學不會他們的這一點，偏偏是這一點他學不會，這種孩童的歡樂、孩童的愚蠢；他從他們這裡學到的正是他自己所蔑視的可憎之物。一次又一次，他過了一場社交之夜之後，第二天早晨還久久地躺著起不來，只覺得昏昏沉沉，疲憊不堪。在卡瑪斯瓦米對他訴說自己的憂慮而讓他感到無聊的時候，他居然會變得惱火而不耐煩。在他擲骰子輸了的時候，他居然會放聲大笑。他的臉依舊比其他人更聰敏，更顯出靈慧，但是這張臉笑得很少，一點點染上了往往在富人臉上才看得到的神情、不滿的神情、病弱的神情、不快的神情、呆滯的神情、冷漠的神情。富人的靈魂疾病在緩緩地侵蝕他。

疲倦就如一張面紗，一襲薄霧降落在悉達多頭頂，緩緩地降下，每天變厚一點點，每月變暗一點點，每年變沉一點點。如同一件新衣裳，時間久了會變舊，褪去了美麗的顏色，染上了汙漬，增添了褶皺，衣角有了磨損，這裡那裡開始露出難看的絲線破綻；悉達多在離開喬文達以後開始的新生活也變舊了，隨著流年飛逝褪去了顏色和光彩，堆積起了褶皺和汙漬。失望與噁心總體上還藏在暗處，但已在這裡那裡露出了難看的頭角。悉達多沒有察覺到。他只發覺，他內心裡那個明亮而堅定的聲音，一度在他內裡甦醒，在光芒閃耀的日子裡時時陪伴他的聲音，已經陷入緘默。

塵世網羅了他，他淪陷於享樂、淫欲、遲惰，最後還有他曾經視為最愚蠢而蔑視嘲諷得最多的惡習：貪婪。私產與財富最終也囚困住了他，對他來說不再是遊戲和玩意兒，成為了他的枷鎖和負累。悉達多沿著一條奇特而狡詐的路陷入這最後的、最可鄙的依賴中：擲骰子的賭博。

自從他在內心裡放棄做一個沙門開始，悉達多就開始帶著日益增長的怒氣和激情賭錢賭財物，而他以往總是微笑著，從容地把這遊戲當作心如孩童之人的一項習俗而參與其中。他是一個讓人生畏的賭徒，很少有人敢和他賭，雖然他下注是這麼高而冒失。他這麼玩是出於內心的困境，如此玩弄拋擲可惡的錢財，帶給他一種憤恨的快樂。再沒有別的方式能讓他更清楚、更諷刺地表達他對財富這商人的偶像的輕蔑了。他賭得這麼大，這麼毫無顧惜，一邊恨著自己、諷刺自己，撈進來上千，拋出去上千，賭掉了錢，賭掉了首飾，賭掉了一座鄉間住宅，轉眼贏回來，隨即又輸掉。他喜愛在扔骰子，在戰戰兢兢下高額賭注時感受到的那種恐懼、那種可怕而壓抑的恐懼，他一次次更新這份恐懼、加強這份恐懼，一直刺激著它，因為唯有在這樣的感覺中，他才得到某種幸福、某種陶醉，就像是在他這飽足、溫吞、寡淡的生活正中得到了昇華。

每一次慘輸之後，他都謀畫新的生財之法，更熱情地投入經商，更嚴厲地逼他的債務人還錢，因為他要繼續賭，要繼續浪費，繼續向財富展示他的輕蔑。

悉達多失去了面對損失的從容，失去了對拖欠還款的欠債人的耐心，失去了對乞丐的善心，失去了將金錢贈送給求助者的興趣。他一擲之下可失去萬元而對之報以大笑，在生意中卻變得更加嚴苛、小氣，深夜裡時不時會夢到金錢！不論他有多少次從這醜陋的迷醉中醒來，不論他有多少次在臥室牆上的鏡子裡看到自己的臉變得蒼老醜陋，不論他有多少次心中頓生羞恥和噁心，他還是繼續逃，逃進新的賭博遊戲裡，逃進淫樂和酒精的麻醉裡，再從那裡回到積累和營收的操勞中去。他在這毫無意義的循環往復中越走越累，越走越老，越走越病入膏肓。

這時一個夢來警告他了。傍晚時分他在卡瑪拉家中，在她美麗的遊樂園裡。他們在樹下坐著，聊著天，卡瑪拉說出了飽含深思的話，話背後藏了一種哀傷和疲憊。她請他說說喬達摩，對喬達摩的事怎麼聽也聽不夠，他的眼有多麼純淨，他的嘴有多麼寧靜多麼美，他的微笑多麼善良，他的步態多麼祥和。他只得為她講了很久偉大佛陀的事蹟。卡瑪拉歎了口氣，說：「有朝一日，也許不會過多久，我也會追隨這位佛陀而去。我會將我的園子送給他，皈依他的教義。」

但是隨後她又挑逗起他來，在情愛遊戲中用痛苦的熱烈將他束縛在自己身上，又是咬他，又是落淚，彷彿她要再一次從這虛幻易逝的歡愛中榨取最後幾滴甜蜜。悉達多從來沒有如此異常清楚地感受到，這淫樂和死亡如此接近。事後他躺到她身邊，卡瑪拉的面孔離他很近，他在她眼睛下面和嘴角旁邊，前所未有地清楚讀出了一種膽怯的文字，由精微的線條、細小的皺紋組成的文字，讓人想起秋天與老年的文字，就如同悉達多自己，雖才邁過四十歲，在黑髮中卻已經可以見到這裡那裡生了白髮。疲憊寫在卡瑪拉的美麗臉龐上，那是在沒有快樂目的的漫漫長路上行走的疲憊。疲憊和剛剛起始的枯萎，還有被隱藏的、還沒說出口的、也許都還不被知曉的恐懼：對年老的恐懼，對秋天的恐懼，對難逃一死的恐懼。他歎著氣向她道別，靈魂裡盛滿了不悅，盛滿了被隱藏的恐懼。

之後，悉達多在自己家中由舞姬陪著，就著美酒過了一夜。在他的同儕面前他仍然扮演著鶴立雞群的那個角色，其實他已經不再是這樣的人了。他喝了很多酒，過了午夜才遲遲找著自己的床榻，一身疲憊卻又亢奮，幾乎就要痛哭起來，幾乎就要陷入絕望。他很久都沒法入睡，心中充滿了他認為自己已經無力承受的愁苦，充滿了他自覺已滲透全身的噁心感，正如那半熱不熱的劣酒味道，過於甜膩的乏味音樂，太過綿軟的舞姬微笑，她們的頭髮與胸部散發的甜膩的香味浸透了他全身一樣。但是這一切之中最讓他覺得噁心的是他自己，是他散發香味的頭髮，是他嘴上的酒氣，是他皮膚上軟塌塌的疲倦和百無聊賴。就如一個過飲過食的人因痛苦而嘔吐，卻得到了放鬆而為此愉快，這無法入眠者也期望透過一股噁心感的巨浪來擺脫這些享受、這些習慣、這整個毫無意義的人生和他自己。只有到了晨光初現，他城中屋宅前的街市醒來而重入繁忙之際，他才昏昏入睡，短暫地進入了半麻木的狀態，睡意漸濃。就在這一刻，他做了個夢：

卡瑪拉有一隻奇異的小鳴禽關在一個黃金籠子裡。他夢見的是這隻鳥兒。夢中這隻平日裡在清晨就會唱歌的鳥兒變啞了。他發現了之後就走到籠子前往裡面看。那隻小鳥已經死了，僵硬地躺在籠子底盤上。他把牠取出來，在手中搖了搖，然後扔掉了，扔在屋外小巷裡。就在這一刻，他嚇壞了，心發痛，就彷彿他扔掉這死鳥，也就扔掉了自己的一切價值和一切好品格。

從夢中驚醒，他感到自己被深深的悲哀環繞，價值盡失。在他眼中，他便是如此價值盡失、毫無意義地苟且過著自己的人生；他手中所有，無一有生機，無一值得品嘗或保留。他煢煢孑立，空空如也，如同船沉後的落水者漂流到岸邊。

悉達多心情陰沉地走進歸他所有的一座休閒花園，關上園門，坐到了一棵芒果樹下。他感到心中盤踞著死亡，胸中盡是恐懼，坐在那兒只覺得自己內心正死去、凋萎，走向了終結。他漸漸凝聚心神，在腦中再次回顧自己走過的整整一生之路，從他能回想起的最初日子開始。他什麼時候體驗過一次幸福，感到過一份真實的喜樂？是有過的，他經歷過很多次。

孩提時代，他從婆羅門學者那裡得到誇獎，因為他遠遠超過了同齡的孩子，在念誦聖典詩句、與學者辯論、輔助獻祭各方面都出類拔萃，那時他就品嘗到了喜悅。他覺得自己的心充滿了這樣的感覺：「你面前有一條路，這是你的使命所在。諸神在等你。」到了少年時，當他竭力所思的目標越飛越高，召喚他上升，超越了與他一同努力上進的同輩行列，當他痛苦地追尋婆羅門的真諦，當所有抵達的知識都只是在他心中激起了新的渴念，當他在這渴求中、在這痛苦中，再次產生了同樣的感覺：「繼續！繼續！你有使命在身！」他都感到了喜樂。在他離開家鄉，選擇沙門的生活，而當他又離開了沙門去找那位修行圓滿者，並從他那裡離開、走向未知前程的時候，他都聽到了那個聲音。

他有多久沒有再聽到那個聲音了，有多久沒有再攀上高峰了，他腳下的路是多麼平坦而無聊地往前延伸啊，他度過的多少歲月都是毫無崇高目標，毫無渴念，毫無提升，每每自滿於小歡愉卻從未感到充實過啊！所有這些年，他並不自知地努力追求成為那心如孩童的芸芸眾生中的一員。可是他的生活比他們的苦悶貧瘠得多，因為他們的目標與他的並不相同，他們的憂慮也與他的迥異。卡瑪斯瓦米之輩的整個世界對他而言只是一場遊戲，一則供人觀看的舞蹈、一部喜劇。唯有卡瑪拉是他喜愛的，對他來說曾是富有價值的——但是她如今還是嗎？他還需要她嗎？她還需要他嗎？他們難道不是在玩一場永無盡頭的遊戲？有必要一生都為此而活嗎？不，不必如此！這個遊戲叫輪迴，是給孩童玩的遊戲，玩起來或許開心，一次、兩次、十次——可是如果是反反覆覆無窮無盡呢？

此時悉達多知道，這個遊戲玩完了，他沒法繼續玩下去了。一陣戰慄席捲他全身，他感覺到他內心裡有什麼東西已然死去。

那一整天，他都坐在芒果樹下，想念他的父親，想念喬文達，想念喬達摩。就為了成為一個卡瑪斯瓦米，他才不得不離他們而去嗎？夜幕降臨時，他還坐在那裡。當他抬頭仰望群星時，他想：「我在這裡，坐在我的休閒花園裡、我的芒果樹下。」他微微笑了笑——必得如此嗎？如此正確嗎？難道這不是個愚蠢的遊戲嗎？——他占有了一棵芒果樹，一座花園？

他結束了這種占有，他心中的這種占有也死去了。他起身，與芒果樹告別，與休閒花園告別。由於一整天都沒進食，他現在感到了強烈的飢餓，想到了他的城中住宅、他的臥室和床、擺滿菜餚的餐桌。他疲倦地微笑，晃了晃身子，與這些事物告別。

就在這個深夜時分，悉達多離開了他的花園，離開了這座城市，一去不回。卡瑪斯瓦米以為他落入了強盜之手，找了他很久。卡瑪拉沒有派人找他。當她聽說悉達多消失了的時候，她並不驚訝。她不是一直都預料他會離去嗎？他難道不是個沙門，一個無處為家的人，一個朝聖者？她在最後一次歡愛的時候對這一點感受得最為強烈。在失卻情人的痛苦中，她也感到欣喜，她最後一次還是那麼熱烈地將他吸引到了自己心上，再一次感覺到了自己完全交付於他，被他穿透。

她剛一聽到悉達多消失的消息，就走到窗邊。她將一隻奇異的鳴禽關在了窗下一個黃金籠子裡。她打開籠門，取出鳥兒，讓牠飛走。她的目光久久地尾隨那飛翔的鳥兒。從這一天開始，她就不再接待訪客，關閉了自己的住宅。但是過了一段時間，她發現，最後一次與悉達多的交合讓她懷孕了。

在河邊

悉達多在森林中漫遊，已經遠離了城市。他所知道的唯此一事：他回不去了，他這麼多年所過的生活已經消逝了，遠去了，品嘗到底，吸入至盡，只剩噁心感了。他夢見過的鳴禽已死。他心中的飛鳥已死。他深陷輪迴的羅網，從四面八方將噁心與死亡吸入體內，如同海綿吸水一樣吸到自己盈滿。他體內已盈滿厭倦，盈滿困苦，盈滿死亡。這塵世裡已無一物可以吸引他，讓他開懷，給他安慰。

他一心所願，就是對自己從此一無所知，得到安寧，早歸黃土。為何不來一道閃電擊中他！為何不來一隻猛虎吞掉他！為何沒有一杯毒酒讓他麻木，忘掉一切，一睡不醒！還有什麼汙穢不曾弄髒他，還有什麼罪孽和蠢行他不曾犯過，還有什麼靈魂的貧瘠他不曾親身體驗過？如此生活，何以為繼？如何還能做到，一次又一次地吸入呼出空氣，餓了吃，吃了睡，與女子同床，一次又一次？這樣的循環他不是已經窮盡而走到終結了嗎？

悉達多走到了林中一條大河邊，這正是他當年渡過的河，那時他還是一名年輕男子，剛出了喬達摩的城，得到一位船夫相助而渡河。在這條河邊，他停了下來，猶豫不決地站在岸上。疲憊和飢餓讓他虛弱。他為何還要繼續走下去，去往何方，朝什麼目標前行？不，已經沒有目標了，什麼都沒有了，只剩下了一個深切而讓人備受煎熬的渴望：搖落自己做的這個荒唐夢，吐出自己喝下的這杯酒，結束這可憐又可恥的生活。

河岸上有一棵大樹垂下枝葉，一棵椰子樹。悉達多把肩頭靠在樹幹上，手臂繞在樹幹上，俯看他身下奔流不息的一河綠水。他這麼向下張望著，覺得自己全心沉浸在放手投身入水的願望裡。水中有一種可怕的虛空反射於他，回應著他自己心靈中的可怕空虛。是啊，他已到窮途末路。對他而言，萬物皆去，唯留一個心願：熄滅自己，砸碎他失敗的人生，扔掉它，扔到諸神腳下。這是他渴求的大嘔吐：死亡，摧毀他所憎恨的體相！唯願魚兒來吞食他，他這條名為悉達多的狗，這個心智錯亂的瘋子，這具腐爛敗壞的身體，這個疲軟而遭濫用的靈魂！唯願魚兒和鱷魚吞食他，唯願惡魔撕碎他！他帶著扭曲的面容呆呆地望著河水，看到他的臉在水中的影子，朝它嘔吐。他陷入深深的疲倦，從樹幹上鬆開手臂，微微轉了轉身，準備垂直地落下去，準備走向最終的覆滅。他倒了下去，閉上了雙眼，向著死亡墜落。

正當此時，從他的靈魂中偏僻的地界，從他疲憊不堪的人生的昔日歲月裡傳來了一個聲音。這是一個詞、一個音節，他不假思索就喃喃念了出來，這是婆羅門的所有禱告中最初和最終的古老詞語，神聖的「唵」。其意義大約是「完滿」或者「圓滿」。在「唵」音觸動悉達多的耳朵之際，他沉睡的精神倏然醒來了，他意識到自己當下行動的愚蠢。

悉達多深感震驚。他已淪落到了這種境況，他已經這麼迷失，這麼錯亂，這麼靈機盡失，居然會自尋死路，居然能讓如此一個願望、心如孩童者的願望在心中滋長：想藉由消滅肉身來求得安寧！最近這段時間裡一切痛苦、一切清醒、一切絕望都不曾達成之事，在「唵」躍入他意識的這一刻，達成了：他認出了陷入困頓和瘋癲的自己。

「唵！」他念誦道，「唵！」於是他想起了梵，想起了生命的不滅，想起了一切他遺忘了的神性。

可是這只是一瞬間，一道閃電而已。悉達多在椰子樹腳下躺了下來，因為疲憊而伸展開四肢，口中喃喃念著「唵」，頭擱在樹根上，沉入深深的睡眠。

他睡得沉，沒有做任何夢。很久以來，他都沒有再這麼熟睡過了。過了幾個時辰，他醒來了，彷彿這一睡就睡了十年之久。他聽著河水潺潺，不知道身在何處，是誰將他帶到此處。他睜開眼，驚奇地打量頭頂的樹和天空，記起了自己身在何處，如何到達此處。但是他花了很長時間才記起那些遺忘了的事情，他覺得那就像是籠罩在一層面紗之下，無盡地遙遠，無盡地縹緲，無盡地淡漠。他只知道，他離開了他此前的人生(這人生在他開始思考的最初一刻就像是相距久遠的化身，是他現在的自我的前世)，他在重重噁心和困苦下甚至要拋棄自己的生命，但是在一條河流邊、在一棵椰樹下，他回過神來，唇上發著神聖的「唵」音，他從迷夢中驚醒，如同一個全新的人看向世間。他輕輕地念著「唵」，伴隨著這個詞入睡。他覺得他這久久的睡眠彷彿都不過是在久久地、入定地念誦「唵」，思考

「唵」，全心全意沉潛而融入「唵」，融入這無名者、這圓滿者。

這是多麼奇妙的一次睡眠啊！從未有過一次睡眠曾讓他這麼煥然一新，這麼煥發青春！也許他真的已經死過了，已經滅亡了，如今是以新的形態復活？不，他認得自己，認得自己的手和腳，認得他躺著的這個地方，認得他胸中的自我，這個悉達多，這個一意孤行的人，這個怪僻之人。但是這個悉達多還是變了，更新了，以奇特的方式睡足了，以奇特的方式醒來了，滿心喜悅，充滿好奇。

悉達多站起身來，看到有一個人對著他坐著，這是個陌生人，是剃光了頭，身著黃袈裟的僧人，擺著思考的坐姿。他打量這個既無頭髮也無鬍鬚的男人，沒多久就認出了這僧人正是他年少時的好友，皈依了佛陀世尊的喬文達。喬文達老了，是呵，他也老了，但他臉上還一直是往日神情，還在訴說熱情、忠誠、尋覓和憂懼。喬文達感到了他看自己的目光，睜開眼，看向他的時候，悉達多看出喬文達沒有認出他來。喬文達高興地看到他醒來了，顯然在這裡坐了許久，雖然沒有認出他但等著他醒來。

「我剛剛睡著了。」悉達多說，「你是怎麼來到這裡的？」

「你是睡著了，」喬文達說，「在這樣的地方睡著不好，這裡常常有蛇出沒，森林的野獸也會路過。而我，哦，先生，我是世尊佛陀．釋迦牟尼．喬達摩座下門徒，和一群師兄弟沿著這條路朝聖。我看到你躺在一個容易讓熟睡者陷入危險的地方睡著了。所以我想試著喚醒你，哦，先生。接著我又看到，你睡得這麼沉，所以就脫離了我的同門，留了下來，坐在你身邊。之後，想看守你安睡的我，似乎自己也睡著了。我沒能好好效力，疲倦壓倒了我。但現在你醒了，讓我走吧，我要趕上我的師兄弟了。」

「我要謝謝你，沙門，你看護了我的睡眠，」悉達多說，「你們這些世尊門徒都很好心。現在你可以往前走了。」

「我走了，先生。祝願先生此後安康順意。」

「謝謝你，沙門。」

喬文達做了個問候的手勢，說：「保重。」

「保重，喬文達。」悉達多說。

那僧人站住了。

「敢問先生，你從何得知我的名字？」

悉達多微笑了。

「我認識你，哦，喬文達，是在你父親的棚屋裡，在婆羅門學園裡，在獻祭儀式中，在我們去追沙門教徒的路上，在你在祇園精舍皈依世尊的那個時刻。」

「你是悉達多！」喬文達大叫起來，「我現在認出你來了，我真不明白我怎麼沒有立刻就認出你。歡迎你啊，悉達多，重又見到你，我格外歡喜！」

「我重又見到你，也很歡喜。你為我的睡眠做了看守者，我要再次感謝你，雖然我並不需要看守。你要去哪裡，朋友？」

「我哪裡也不去。我們僧人一直都在路上，只要不是雨季，我們就會四處遊走，按戒律生活，傳播教義，接受施捨，再往下走。一直都是如此。可是你呢，悉達多，你要去哪裡？」

悉達多說：「我也是這樣，朋友，和你一樣。我哪裡也不去，我只是在路上。我在朝聖。」

喬文達說：「你說，你在朝聖。我相信你。但是請原諒我，悉達多，你看起來不像朝聖者。你穿著富人穿的衣裳，你穿著高雅人士穿的鞋子，你的頭髮散發著香水的芳香，這不是一個朝聖者、一個沙門的頭髮。」

「是的，親愛的朋友，你觀察得對，你目光犀利，看清了一切。可是我並沒對你說，我是一個沙門。我說的是：我在朝聖。確實就是這樣：我在朝聖。」

「你在朝聖，」喬文達說，「但是很少有人穿成這樣朝聖，很少有人穿著這樣的鞋子、留著這樣的頭髮朝聖。我已經朝聖了很多年，但還從來沒有遇到過這樣一位朝聖者。」

「我相信你，喬文達。但是今天，你遇見了這樣一位朝聖者，穿著這樣的鞋子、穿著這樣的衣服。你要記得，親愛的朋友：外相的世界流逝無常，我們的衣服、我們的頭髮樣式，就連我們的頭髮和身體都要流逝。我穿著富人穿的衣服，你看得沒錯。我穿著它，因為我曾是富人，我留著塵世中人和浪蕩公子的頭髮樣式，因為我曾是他們中的一員。」

「那現在呢，悉達多，你現在是什麼？」

「我不知道，我知道的和你一樣少。我在路上。我曾是富人，現在已經不是了；我明天將是什麼，我也不知道。」

「你失去了你的財富？」

「我失去了財富，或者財富失去了我。它已經脫離了我。眾相生滅之輪轉得飛快，喬文達。婆羅門悉達多如今何在？沙門悉達多如今何在？富人悉達多如今何在？流逝無常者，周轉變換快，喬文達，你知道的。」

喬文達看著自己的年少友人，看了很久，眼中是懷疑。然後他向他致意，如同向高貴人士致意那樣，接著就走自己的路了。

悉達多臉上帶著微笑，目送他遠去。他依然愛著他、這個忠誠的人、這個膽怯的人。在這一刻，在他剛經歷了奇妙安睡之後的美妙時刻、沉浸於「唵」的時刻，他怎麼會不愛別人、愛他物呢！這之中正有那種魔力，在睡眠中，「唵」的魔力在他內心發揮作用，讓他愛上一切，讓他對他見到的一切都滿懷愉快的愛意。他現在看到，他之前病入膏肓，正是因為他沒法愛任何人、任何事。

悉達多臉上帶著微笑，目送僧人遠去。這場睡眠大大增強了他的體力，飢餓卻也狠狠折磨著他，因為他已經兩天粒米未進。他能頑強抵禦飢餓的時光已經過去太久。他懷著哀愁，也帶著歡笑，回想那段時光。他還記得，那時候他在卡瑪拉面前號稱自己擅長三件事，三項無人可匹敵的高貴技藝：齋戒、等候、沉思。這曾是他的財產，他的強威和力量，他的堅固手杖。在他那勤學苦修的青春歲月裡，他學會的只有這三門技藝，除此無他。現在它們離他而去了，再無一個留存，他不會齋戒，不會等候，不會沉思了。他用它們換了最可鄙的、最易流逝的事物：感官上的享樂、舒適的生活和財富！他確實做了如此怪異之舉。就現在這種境況來看，他真的成為了心如孩童之人。

悉達多反思著自己的狀況。沉思對他來說已變得艱難。他根本沒有興趣，但他還是強迫自己思考。

現在，他想，所有必逝的浮華之物都從我手中滑落而去，我重又站在陽光下，彷彿是個幼童，一無所有，一無所行，一無所能，一無所學。這是多麼奇特啊！現在我已不再年輕了，我的頭髮已經半白，體力也在衰退，但就在現在，我又從頭開始，回到了孩童狀態！他又不禁微笑了。是啊，他的命運真奇特！他經歷了一路下落，如今重又空空地、赤裸地、愚笨地站立在世間了。但是他沒有為之感到愁苦，不，他甚至有強烈的衝動，要大笑起來，笑自己，笑這個怪異而愚蠢的世界。

「你一路都在下落！」他對自己說，同時又大笑。他邊說著，目光就落在了河水上。他看到河也在一路下落，不停不息地奔流而下，同時還在歌唱，同時還那麼歡快。他很喜歡這樣，他友善地朝河水微笑。這不正是他想在其中沉溺赴死的河嗎？在數百年前，或者那只是他的一個夢？

我的人生確實就是這麼奇特，他想著，它走過了奇特的彎路。在孩提時代，我只和諸神和獻祭打交道。在少年時代，我只懂得禁欲修行、沉思和入定，一直在尋覓梵，致敬阿特曼中的永恆者。在青年時代，我卻追隨著懺悔的苦行僧，住在森林中，承受苦寒酷暑，學會忍受飢餓，讓我肉體寂滅。

隨後，在偉大佛陀的教義中，我奇妙地領略到真知，感受到關於世界歸一的慧識如我自己的血液一般周遊於體內。但我還是不得不離開佛陀和偉大真知。我走了，到卡瑪拉身邊學到了歡愛情欲，到卡瑪斯瓦米身邊學會了經商斂財散財，學會了疼愛我的胃，學會了討好我的感官。

難道我不是走了極大的彎路，慢慢從成年男子蛻變成了孩童，從一個善於思考者變成了心如孩童之人？不過這條路極好，我胸中的鳥兒並沒有死去。然而這是怎樣的一條路啊！我必須走過如此多的愚蠢，如此多的放浪，如此多的荒謬，如此多的噁心、失望和悲痛，卻只是為了重新變成孩童，為了能從頭來過。但是就該如此吧，我的心對這一切都欣然同意，我的雙眼對這一切都歡笑迎接。我必須經歷過絕望，我必須往下墜落到一切思想中最蠢笨的那一個，墜落到自殺的念頭，才能體驗到慈悲，才能重新聽到「唵」，才能再次好好睡一場，好好醒過來。我必須先成為傻子，才能再次在我內心裡找到阿特曼。我必須犯下罪，才能重新生活。我的路還會帶我去往何處？這條路呵，它是多麼瘋傻，它走了個交叉環形，它也可能是在繞圈。不論它怎麼走都好，我都願意走它。

他奇妙地感到胸中一股快意在沸騰。

從哪裡來的，他問自己的心，這股快樂從哪裡來的？是來自讓我格外受用的這場又好又久的睡眠？還是來自我念出口的「唵」？還是由於我逃脫了，我的逃亡成功了，我終於又自由了，像孩子一樣站在了天空下？哦，這樣成功逃脫、這樣重獲自由，是多麼好！這裡的空氣多麼純淨美好，呼吸起來多麼好！我所逃離的地方，一切聞起來都是油膏、香料、酒、饜足和懈怠的味道。我多麼恨那個世界，富人的、饕餮客的、紈絝子弟的世界！我多麼恨自己，我在那個可怕的世界裡竟然留了那麼久！我多麼恨自己，我搶劫了自己，毒害了自己，折磨了自己，讓自己變得蒼老而邪惡！不，我曾經那麼自以為是地想像悉達多是有智慧的，如今再也不會有此妄想了！可是我這件事做得好，這件事讓我歡喜，我必須讚揚這件事：對自己的恨就此結束了，那個愚蠢貧瘠的生活結束了！我讚美你，悉達多，在愚蠢了這麼多年之後，你又一次靈機一動，有了某些作為，聽到了你胸中鳥兒的歌唱，跟隨了牠！

他就這麼讚美著自己，為自己而歡樂，好奇地聽著自己餓得咕咕叫的肚子。他感到，他在最近一段時間，最近一些日子裡徹底地品嘗盡了一份痛苦、一個困境，又將它吐出，再吞咽直到絕望，再吞咽直到死亡。如此甚好。他本還可以在卡瑪斯瓦米身邊待更久，賺取錢、揮霍錢，餵飽肚子而餓著靈魂。他本還可以在這溫柔安適榻香軟的地獄裡久久居住下去，如果不是經歷了全然絕望無助的瞬間，這是最極端的瞬間，他已經垂身在奔流的河水之上，準備自取滅亡。他感受到了絕望和最深的噁心，但他沒有為此赴死，那隻鳥兒，他心中的歡樂源泉和聲音依舊活著。為此他感到歡喜，為此他歡笑，為此他灰白頭髮下的臉上煥發光彩。

「如此才好，」他想，「人必要知曉的一切，我都經歷了。塵世歡欲和財富並非善物，這是我在童年時便已學過的道理。我很早就知道，現在卻才將其經歷。如今我知道了，不僅僅是憑記憶知道，還以我的眼、我的心和我的胃領會了。有此領會，是我的福氣！」

他對自己的蛻變思考了很久，傾聽那隻鳥兒因歡樂而歌唱。他心中的這隻鳥兒不是死了嗎？他不是感受過牠的死亡嗎？不，他心中死去的是另一些東西，那些東西已經渴望死去很久了。那些不正是他在熱烈的苦修年代裡曾經一心要滅絕的東西嗎？那不就是他的自我，他這麼多年來一直與之對抗，又反覆被其打敗的那個渺小、膽怯又驕傲的自我嗎？它在每一次滅絕後又重生，排斥了歡樂而感受著恐懼。那個自我，今天不是終於死掉了嗎，就在森林裡這條可親的河流旁？不就是因為它死去了，他現在才會像孩子一樣，充滿信賴，毫無恐懼，滿心喜悅？

悉達多現在弄明白了，為什麼他作為婆羅門、作為苦行僧，與這個自我的爭鬥是徒勞無功的了。太多的知識，太多聖典詩句，太多獻祭規矩，太多苦修，太多行動與追求阻礙了他！他曾經滿懷高傲，總是眾人中最聰慧的、最努力的，總是領先所有其他人一步，總是通曉一切、充滿靈慧，總是教士或智者。他的自我就溜進了這教士品格、這高傲、這靈慧中，牢牢地盤踞在那裡，日漸增長；而他卻以為用齋戒和懺悔便可殺掉它。如今他看清楚了，看到那個祕密的聲音是對的，沒有哪位老師能助他解困。所以他必須投身塵世，必須在歡情和權欲，在女人和金錢上放縱自失，必須成為一個商人、一個賭徒、一個酗酒貪財之人，直到他內心中的教士和沙門死去。所以他必須經受這些年的醜陋歲月，忍受一個貧瘠墮落的人生的噁心、空洞和無意義，一直忍受到底，一直忍受到苦澀的絕望，直到這浪蕩子悉達多、這貪婪者悉達多能夠死去。

他死去了，一個新的悉達多從安睡中醒來。他也會老，有朝一日也必將死去，悉達多是將逝的，眾生相都將流逝。但今天他是年輕的，是個孩子。這新生的悉達多滿心都是喜悅。

他想著這些事，微笑著聽著肚子的咕嚕聲，感激地聽著蜜蜂的嗡嗡聲。他喜悅地看著奔流的河水，他從來不曾像現在這樣喜歡過一條河，他從未意識到流水的聲音和寓意是如此有力而美麗。他覺得，這條河似乎有什麼特別的事要跟他說，一些他還不明白的事情，仍然等著他。在這條河中，悉達多曾想淹死自己，而今日，那個年老、疲憊，而絕望的悉達多已經淹死在這條河了。然而新的悉達多深深地愛上了這奔流的河水，並決定了，不要這麼快就離開它。

船夫

我想留在這河邊，悉達多想。這條河就是我當年去找心如孩童之人的路上渡過的同一條河，一位好心的船夫曾為我擺渡。我要去找他。我的人生之路從他家的茅草屋開始，他曾將我帶入新的生活，如今這生活已經舊了、死了——但願我現在的路、我現在的新生活也能從那裡開始！

他溫柔地看著奔流不息的河水，看著這一片透明的綠，看著這神祕圖形的晶瑩線條。他看見有明亮的珍珠從河中深處升起，有寧靜的氣泡在水面上浮游，其中映現出天空的藍色。這條河用上千隻眼睛回看他，綠色的、白色的、水晶般的、天藍色的眼睛。他多麼愛這河水，他多麼為之陶醉，他多麼感謝它！他聽見心中那剛醒來的聲音在說：要愛這河水！留在它身邊！向它學習！哦，是啊，他願意向它學習，他願意傾聽它。在他看來，誰懂得了這水和水的祕密，他也就會懂得其他許多事物、許多祕密、所有祕密。

但是他今天從河水的祕密中只看出了一件，這一件震動了他的靈魂。他看到：這水流啊流，無休無止地流動，卻又始終在此，它時時刻刻都是同一條河，卻又每時每刻都是新的！啊，這有誰能明白，有誰能理解！他不明白，不理解，只是感到心有所動，遙遠的回憶、神性的聲音都被觸動起來。

悉達多站起身，他體內的飢餓本能已經變得難以忍受。他受著這本能驅動，繼續往前走，沿著岸邊小道，逆著河流方向，一路聽著水流動，一路聽著體內飢餓咕咕作響。

當他走到渡船的時候，船已經備好，還是當年將年輕沙門渡過河的那位船夫站在船上。悉達多認出了他，他也老了很多。

「你願意載我渡河嗎？」他問。

船夫看到這樣一位樣貌高雅的男士獨自一人徒步而來，頗吃了一驚，幫這位男士上了船，將船撐離了岸。

「你給自己選了一個美好的人生。」這位客人說，「每天在這水邊生活，在水上航行，一定很美好。」

划船的這位微笑著搖晃身體。「是很美好，先生，就像您說的這樣。不過，每一個人生、每一份工作，不都是美好的嗎？」

「也許吧。但是我羨慕你，羨慕你這份工作。」

「啊，你很快就會對這工作失去興趣的。這可不是衣著華麗的貴人做得來的。」

悉達多大笑。「我今天已經因為我這身衣服，遭別人另眼相看，引發了別人猜忌。船夫呵，你願不願意收下這套衣服？它對我來說已經是累贅。你要知道，我沒有錢來付你擺渡的船費。」

「先生在開玩笑。」船夫笑著說。

「我不是在開玩笑，朋友。你看，你已經用你的船帶我渡過一次河，但沒有收取分文。那麼今天也請你這麼做吧，不過要收下我的衣服作為補償。」

「那先生接下來是要不穿衣服旅行嗎？」

「啊，我最希望的是不要再旅行了。我最希望的是，船夫呵，你能給我一條舊圍裙，讓我留在你身邊做你的助手，不，是做你的學徒嗎？因為我首先還得學會怎麼駕馭這艘船。」

船夫久久地看著這個陌生人，在尋覓著什麼。

「我現在認出你了，」他最後說，「你曾經在我的茅草屋裡過夜，很久之前。大概已經是二十多年前了。我給你擺渡過了河，我們像好朋友一樣告別過。你當時不是一個沙門嗎？你的名字我已經想不起來了。」

「我叫悉達多，我在你上次見到我的時候，是一個沙門。」

「那我歡迎你，悉達多。我叫法蘇德瓦。我希望，你今天也能做我的客人，在我的茅草屋裡過夜，跟我說說你從哪裡來、為什麼你的華麗衣服讓你覺得是累贅。」

他們抵達了河流中央，法蘇德瓦更用力地俯身壓船槳，以便能逆流前進。他安靜地工作，目光盯在船頭，強有力的雙臂在用力。悉達多坐在船中，凝視他，回憶起了當年，那是他在沙門時代的最後幾天，他心中對這位男人生出了敬愛。他感激地接受了法蘇德瓦的邀請。他們到達河岸的時候，他幫法蘇德瓦把船綁在木樁上，隨後船夫請他走進了茅草屋裡，給他送上麵包和水，悉達多興致勃勃地吃喝起來，法蘇德瓦再遞給他芒果，他也興致勃勃地吃下去。之後他們在河岸邊的一截樹幹上坐了下來，時間已經是日落時分了。悉達多向船夫講起了自己的來處和他過往的人生，也講到了他今天在絕望的那一刻見到的一切。他一直講到了深夜。

法蘇德瓦格外專注地聽著。他這麼傾聽著，將一切都聽進了內心：出身與童年，所有的求學經歷，所有的尋覓歷程，所有的歡樂，所有的困苦。在船夫的種種美德之中，這一種是最偉大的：他懂得傾聽，而這少有人能做到。他一言不發，而這講述的人卻能感受到，法蘇德瓦將他的話聽進了心裡，寧靜、開放、等候，不遺漏半點，不顯出任何急躁，對所聽到的不誇讚也不指責，只是傾聽而已。悉達多感到能向這樣一個傾聽者袒露心聲，將自己的人生、自己的尋覓、自己的苦痛沉入對方的心中，是多麼幸運。

但是，在悉達多的講述即將結束之際，當他講到河邊的樹，講到他的深深墜落、神聖的「唵」，他如何在安睡之後感到自己對河流產生了愛戀的時候，船夫以加倍的關注聆聽他，全然忘我，雙眼閉了起來。

之後，悉達多沉默下來，無聲的寧靜持續了良久。然後法蘇德瓦說：「和我原來想的一樣。河流對你說話了。它也成了你的朋友，也對你說起了話。這樣好，這樣很好。留在我身邊吧，悉達多，我的朋友。我曾經有過一個妻子，她的床榻就在我的床榻旁邊。但是她已過世多年，我已經單獨生活了很久。你現在和我一起住吧，這裡有足夠多的地方和食物給兩個人用。」

「謝謝你，」悉達多說，「謝謝你的邀請，我接受這個邀請。另外，法蘇德瓦，我還要謝謝你這樣認真地聽我訴說！很少有人懂得傾聽，我從來沒有遇到一個像你這麼會傾聽的人。這方面我也要向你學習。」

「你會學到的，」法蘇德瓦說，「但不是從我這裡。傾聽是河流教給我的，你也會從它這裡學到。它什麼都知道，這條河，什麼都可以向它學。你看，你從河流這裡就學到了，努力往下落，沉下去，探尋深底，是好事。富有又高貴的悉達多變成擺渡幫工，博學的婆羅門悉達多變成船夫，這也是河流告訴你的。你還會從它這裡學到其他東西。」

悉達多停頓了很長時間，然後說：「其他的什麼東西呢，法蘇德瓦？」

法蘇德瓦站起身來。「天晚了，」他說，「我們去睡吧。我沒法告訴你這個『其他』是什麼，朋友。你會學到它的，也許你早已知道它了。你看，我不是學者，我不懂說話，也不懂思考。我只懂得聽人說話，只懂得做個虔誠的人。別的我也沒學到過。如果我能告訴你、教會你，那麼我也許就是智者了，但我只是船夫。我的任務就是幫人渡河。我擺渡過許多人，上千個。對他們來說，我的河不過是他們旅途中的一個障礙。他們出行是要去求取金錢，去做生意，去參加婚禮，去朝拜，這河擋了他們的路。而船夫就是要盡快讓他們越過這個障礙的。但是這上千人中有幾個，少數的幾個，四個或五個人，河流對他們來說不再是障礙。他們聽到了它的聲音，他們傾聽了它，河流對他們來說變得神聖，就像我也曾覺得它變得神聖那樣。讓我們就寢休息吧，悉達多。」

悉達多留在了船夫身邊，學會了駕馭船。當在渡口無事可做的時候，他就和法蘇德瓦在稻田裡勞動，搜集木柴，採摘香蕉。他學會了打造船槳，學會了修船，編織籃筐，他所學到的一切都讓他開心。一天又一天，一個月又一個月，時光飛逝。但是法蘇德瓦所教雖多，河流教給他的卻更多。他不停地從它那裡學到東西。首先是學會了傾聽，用寧靜的心，用等候而開放的靈魂去聆聽，不帶激情，不帶願望，不做評判，不生意見。

他作為朋友，伴著法蘇德瓦生活。有時候他們會彼此說幾句話，經過深思熟慮的寥寥幾句話。法蘇德瓦不是喜好言談的人，悉達多很少能觸動他開口說話。

「你是不是，」他有一次問道，「也從河流那裡學到過這個祕密：時間並不存在？」

法蘇德瓦的臉上露出明亮的微笑。

「是的，悉達多，」他說，「你要說的，是這個吧：河流同時存在於各個地方，在源頭，在入海口，在瀑布，在渡口，在水流湍急的地方，在海洋中，在山中，時時處處都是它。它只有當下，沒有往日的陰影，也沒有未來的陰影？」

「就是這個，」悉達多說，「當我學到這個祕密的時候，我回頭看了看我的人生。這人生也是一條河，將男孩悉達多、男人悉達多和老年悉達多分隔開的，只不過是影子，而不是實物。前世的那些悉達多，也不是永逝之過往，他的死和重歸大梵也不是未來。無一物已逝，無一物將至；萬物皆在，萬物皆為實存，皆在當下。」

悉達多是懷著喜悅說這番話的，如此一個頓悟讓他深感幸福。啊，一切痛苦不都是時間嗎？一切的自我折磨和自我煩憂不都是時間嗎？一旦棄絕了時間，一旦能不為時間糾結，不就可以拋開塵世間一切沉重、一切敵對的事物？他陶醉地說著，法蘇德瓦卻只是對他報以燦爛的微笑，點頭表示贊同。他一言不發地點頭，手撫過悉達多的肩頭，回到了自己的勞動中。

又有一次，正當雨季河水高漲、呼嘯澎湃之際，悉達多說：「不是嗎，朋友，這條河有許多聲音，非常多的聲音？它不是有國王的聲音，武士的聲音，鬥牛的聲音，夜鳥的聲音，產婦的聲音，哀歎的聲音和其他上千個聲音？」

「是啊，」法蘇德瓦點頭說，「一切造物的聲音都在它的聲音裡。」

「那你知道，」悉達多接著問，「你如果能同時聽到它所有的上千種聲音，它說出來的是什麼話嗎？」

法蘇德瓦的臉上露出幸福的笑容，他朝悉達多彎下腰，向他耳中說出了神聖的

「唵」這個字。這也正是悉達多聽到的。

漸漸地，他的微笑和船夫的微笑變得相似，幾乎有同樣的燦爛神采，幾乎發出同樣的幸福光輝，也是從上千條小皺紋中發出光，也是這麼充滿童真又有老態。許多旅客見到這兩位船夫，都當他們是兄弟。這兩人常常在黃昏時分一起坐在岸邊的樹幹上，沉默不語，靜聽水聲。對他們來說這不是水聲，而是生命的聲音，是存在於世間者的聲音，是變動不息者的聲音。有時候，兩人在聽水的時候會想到同一件事物，想到前天的一次談話，想到他們擺渡過的旅客中的一位，那位的面容和命運讓他們牽掛，想到死亡，想到各自的童年。他們會在同一刻，當河水向他們說了幾句美好話語的時候，彼此對視，兩人的想法完全吻合，兩人為這同一問題的同一個回答感到欣喜。

從船和兩位船夫身上散播出某種靈韻，有些旅客也感受到了。有時候，一位旅客看到其中一位船夫的臉之後，就會開始講述自己的人生，講述自己受的苦，坦白自己犯的錯，乞求安慰和建議。有時候，有位旅客會請求這兩位船夫允許他在他們這裡停留一個傍晚，聽聽河水的聲音。還有些時候，會有好奇者聽說在渡口住著兩位智者、魔法師，或者聖人，因此慕名前來。這些好奇的人提了許多問題，卻沒得到任何回答。他們既沒有找到智者，也沒有找到魔法師，他們找到的只是兩位年紀大卻友善親切的矮個子男人。他們看起來是啞巴，怪僻而愚鈍。好奇者大笑，談論起民眾多麼愚蠢和輕信，居然散布如此空洞的謠言。

流年飛逝，無人計數。曾有一次，有僧人朝聖經過，他們都是佛陀喬達摩的信徒，來此請求擺渡。兩位船夫從他們這裡得知，他們急著要回到他們的偉大師父身邊，因為有消息流傳出來，說世尊病重垂死，很快將完成凡人之死而得解脫。沒多久，來了一批新的朝聖僧人，然後又是一批。這些僧人和大多數旅客、流浪者談論的再無別的，都只是喬達摩和臨近他的死亡。群眾從四面八方湧來，像螞蟻一樣聚集，就像是要投入一場戰役或者是參加國王的加冕儀式。他們如同受到某種魔法牽引，湧向偉大佛陀等候自己死期之處。宏大奇觀將現，人世間古往今來第一功德圓滿者即將登入堂皇聖境。

悉達多在這智者臨死的時間裡回想起了許多往事，這偉大導師的聲音警告過多方部族，喚醒過數十萬民眾，而他也聽過這個聲音，也懷著敬畏看過這個神聖面容。他帶著友善的情感回想喬達摩，眼前重現後者的修行圓滿之路，帶著微笑記起了曾經還是青年男子的他向這位尊師說過的話。如今他看到，那都是少年故作老成的傲慢之語。想起這些，他臉上都是微笑。他長久以來已經不知道如何將自己與喬達摩分離開來，雖然他無法接受喬達摩的教義。不，一個真正的尋覓者、一個真正想要尋得真諦的人，無法接受任何教義。可是那位已經尋得真諦的人，卻能贊同每一個教義、每一條路、每一個目的，他與千千萬萬住在永恆中、呼吸神性空氣的其他得道者已不可區分。

在眾人紛紛去垂死的佛陀那兒朝聖的日子裡，有一天，卡瑪拉、曾經美貌絕倫的名妓，也加入了朝聖者的隊伍。她早已從自己以前的生活中退了出來，將自己的花園贈送給了喬達摩的僧人，皈依了佛門，成為了朝聖者的那些女性友人和行善施捨者中的一位。她聽到喬達摩瀕死的消息，便帶上小男孩悉達多、他們的兒子，穿著樸素的衣服，開始了徒步旅行。她帶著幼子，沿河而行；但是男孩很快就累了，只想回家，只想停下來，只想吃東西，變得執拗，哭鬧起來。卡瑪拉只能常常停下來，和他一起歇息。他習慣了對抗她而堅持自己的意志。她得給他餵食、安慰他，還得責罵他。他不明白，為什麼他非得和母親走上這艱難又悲傷的朝聖之旅，去一個他不知道的地方，見一個陌生男人、那個垂死的聖人。他死便死吧，和男孩有何相干？

這兩位朝聖者離法蘇德瓦的渡口已經不遠了，這時小悉達多又要母親停下歇息。卡瑪拉自己也走累了，在男孩啃香蕉的時候，她就在地上蹲了下來，微閉著眼睛小憩。突然她發出了一聲哀號，男孩驚慌地看過去，看到她的臉因恐懼變得慘白，從她衣服下鑽出了一條小黑蛇，是這條蛇咬了卡瑪拉一口。

他們倆趕緊上路，找人幫忙。走到渡口附近，卡瑪拉倒了下來，沒法再往前走了。男孩發出了悲慘的叫喊，同時摟住母親的脖子，親吻她。她也隨著他一起大聲呼救。終於，這求救聲傳到了站在船上的法蘇德瓦的耳中。他飛快地趕了過來，雙臂一把抱起這個女子，把她抬到了船上。男孩跟著他。很快他們進了茅草屋，悉達多正在屋中灶臺邊生火。他抬眼一看，首先看到了男孩的臉，這張臉很奇妙地讓他記起了早已遺忘的往昔。接著他看到了卡瑪拉，立刻認出了她，雖然她躺在船夫的臂彎裡毫無知覺。現在他知道，這是他自己的兒子，是兒子的臉勾起了他的回憶。他胸中的一顆心激動地跳起來。

卡瑪拉的傷口清洗過了，但還是顯出黑色。她的身軀也腫了起來。他們就給她灌進了療傷的藥水。她恢復了意識，躺在屋中悉達多的床榻上。曾經深愛過她的悉達多站在她身旁，彎腰照看她。她覺得這像是夢，微笑著注視這位友人的臉。她緩慢地意識到了自己的處境，想起了自己被蛇咬過，恐慌地叫喚起了男孩。

「他就在你身邊，別擔心。」悉達多說。

卡瑪拉看著他的眼睛。她的舌頭還因中毒而僵硬，說起話來也沉鈍。「你老了，親愛的，」她說，「你的頭髮都灰白了。可是你還是和那個曾經衣不蔽體、腳上沾滿灰塵來到我花園裡的年輕沙門一模一樣。你現在更像是那個沙門了，當年離開我和卡瑪斯瓦米的那個你卻沒那麼像。尤其是你的眼睛，和那個沙門一樣，悉達多。啊，我也老了——你還認得我嗎？」

悉達多微笑：「我一下就認出你了，卡瑪拉，我的愛人。」卡瑪拉指著男孩說：「你也認出他了嗎？他是你的兒子。」

她的眼神變亂了，她的眼睛閉上了。男孩哭了。悉達多把男孩抱到自己的膝蓋上，聽任他哭泣，撫摸他的頭髮。他看到這男孩的臉，想起了一則婆羅門的禱告詞，在他自己還是個小男孩的時候學會了這則禱告。他緩緩地，用歌吟的語調，念起了這禱告詞，一字一句都從往日時光、從童年時光流淌出來。在他的吟誦下，男孩安靜了下來，時不時地抽泣一下，然後就睡著了。悉達多將他放在法蘇德瓦的床榻上。法蘇德瓦站在灶臺邊煮飯。悉達多朝他投去一瞥，他微笑著回應了他的目光。

「她就要死了。」悉達多輕聲說。

法蘇德瓦點點頭，灶火的光在他和善的臉上掠過。

卡瑪拉又一次清醒過來。痛苦扭曲著她的臉。悉達多的眼睛在她嘴上、在她慘白的臉頰上讀出了煎熬。他靜靜地、專注地，以等候的方式讀取了、沉入了她所受之苦。卡瑪拉感受到了，她的目光尋找他的眼睛。

她看著他，說：「現在我看到，你的眼睛也變了。這雙眼睛和之前完全不一樣了。我怎麼還能認出，你是悉達多呢？你是悉達多，卻又不是悉達多。」

悉達多不說話。他的眼睛安靜地看進她的眼睛中去。

「你到達目的地了嗎？」她問，「你找到安寧了嗎？」

他微笑了，將自己的手放在她的手上。

「我看到了。」她說，「我看到了。我也會找到安寧的。」

「你已經找到了。」悉達多低聲說。

卡瑪拉目不旁視地看著悉達多的眼睛。她想起來，他們是要去朝拜喬達摩的，為了去看一看一位修行圓滿者的臉，呼吸一下他的安寧。可是她沒走到喬達摩那兒，而是找到了他，然而這也是好的，和她見到喬達摩一樣好。她想告訴他，但是舌頭已經不聽從她的意志了。她沉默不語地看著他，他在她眼中看到她的生命正在熄滅。當最後的痛苦填滿了她的雙眼，讓她眼神破碎，當最後一陣顫抖傳遍了她全身，他的手指闔上了她的眼瞼。

他久久地坐著，看著她已長眠不醒的臉。他久久地端詳她的嘴，雙唇都已變薄的蒼老而疲憊的嘴。他回想起，他在自己的青春年華裡曾經將這張嘴比作一顆新摘下、剛打開的無花果。他久久地坐著，品讀著這慘白的臉、這疲憊的皺紋，讓目之所見充盈自己，看到自己的臉也這麼平放著，也這麼白，也這麼失去生氣，然後看到自己的臉和她的臉都回到年輕時光，嘴唇鮮紅，眼神如火。他整個沉浸在這種往日當下同現，一切皆鮮活的感覺中、這永恆的感覺中。就在這一刻，他比以往都更深地感受到萬靈皆不滅，瞬間都永存。

他站起身的時候，法蘇德瓦已經給他準備好了飯。但是悉達多沒吃飯。在他們飼養山羊的羊圈裡，兩個老人收拾出一個草墊。法蘇德瓦躺下睡了。悉達多則走了出去，看著茅草屋前的深夜，傾聽河水，感到往日都來到了身邊，他人生中一切時光都同時打動著他，環繞著他。他有時也站起身走到屋門口，聽聽男孩是否睡得安穩。

第二天一大早，太陽還未現身，法蘇德瓦就從羊圈中走了出來，走到他朋友身邊。

「你沒有睡。」他說。

「是沒有，法蘇德瓦。我坐在這裡，聽了一夜河水的聲音。它對我說了許多話，它在我內心深處填滿了可療癒人的思想、萬物為一的思想。」

「你受了苦，悉達多。可是我看到，你心中並沒有湧入悲傷。」

「沒有，親愛的朋友，我怎麼會悲傷呢？我曾經富有又幸福，如今我更富有、更幸福了。我有了一個兒子。」

「我也歡迎你兒子的到來。只是啊，悉達多，現在讓我們去工作吧，還有許多事要做。在我妻子去世的同一張床榻上，卡瑪拉也死去了。我們也要在我給妻子搭柴堆的同一個山坡上給卡瑪拉搭起柴堆。」

男孩還在睡，他們搭起了柴堆。

兒子

男孩怯生生地，哭哭啼啼地參加了他母親的葬禮。他黯然傷神又帶著畏懼地聽悉達多歡迎他這個兒子，歡迎他在法蘇德瓦的棚屋中住下。他整日整日地坐在葬著亡母的山丘邊，臉色蒼白，不願進食，將自己的目光鎖閉，將自己的心鎖閉，執拗地對抗著命運。

悉達多憐惜他，放任他，尊重他的悲傷。悉達多懂得，他兒子不認識他，沒法將他作為父親來愛。他慢慢也看出來了、也明白了，這十一歲的男孩被慣壞了，是受母親寵溺的孩子，成長於財富圍繞的環境裡，習慣了精緻美食，習慣了柔軟的床，習慣了指使奴僕做事。悉達多明白了，這被嬌慣了的孩子，哀悼著亡人，不可能突然之間就會心甘情願地安於這陌生的貧窮生活。悉達多不強迫他，替他做了一些事，一飲一食無不為他搜尋到最好的。他慢慢地期望著能用這友善的耐心，贏得兒子的心。

在這男孩來到他面前時，他說自己是富足的、幸福的。如今時光流逝，男孩依舊是疏離的、陰鬱的；他表現出傲慢與固執的心性，什麼工作都不願意做，對兩位老者沒有絲毫尊重，肆意攫取法蘇德瓦的果樹上的果實，這時候悉達多開始明白，他的兒子並沒有給他帶來幸福和安寧，而是帶來痛苦與憂慮。但是他愛他，更情願受這愛的痛苦與憂慮，而不是沒有這男孩時的幸福與愉悅。

自從這位小悉達多住進棚屋之後，兩個老人就分了工。法蘇德瓦再次單獨承擔船夫的職責，悉達多為了留在兒子身邊，就負責棚屋裡的家務和田地裡的農務。

悉達多等了很久，等過了漫長的幾個月，一直等著他兒子能懂他，接受他的愛、回應他的愛。法蘇德瓦等過了漫長的幾個月，注視著，等候著，沉默著。有一天，男孩再次耍脾氣任性，讓悉達多難受，還打碎了他的兩個飯碗。這天晚上法蘇德瓦將自己這位朋友拉到一邊，對他說出一番話來。

「請原諒，」法蘇德瓦說，「我是出於朋友的真心而對你說這些的。我看到你在折磨自己，我看到你有憂愁。你的兒子，親愛的朋友，讓你操心，也讓我為你操心。這年輕的鳥兒熟悉的是另一種生活、另一個鳥巢。他不像你，是出於憎惡和厭煩而逃出了財富、逃出了城市。他不是自願把那一切留在身後的。我問了河流，哦，朋友，我問了它多少次呵。但河流只是笑，笑我，笑我和你，為我們的愚蠢而笑得顫抖。水要流入水，少年要走向少年。你的兒子沒有待在他能夠盡情成長的地方。你問問河流，你聽聽它的聲音！」

悉達多懷著憂愁凝視他這友善的臉，臉上那麼多條皺紋裡棲居著恆定的歡快。「我能與他分離嗎？」他輕聲問，感覺到羞愧，「再給我點時間，親愛的朋友！你看，我在爭取他，我在努力贏得他的心，我想要用愛和友善的耐心捕獲這顆心。有朝一日，河流也會對他說話，他也是受召喚之人。」

法蘇德瓦的微笑有了更暖人的溫度。「噢，是啊，他也是受召喚之人。他也出自永恆生命。但是我們、我和你，知不知道他受的召喚，要他走哪條路、要他有怎樣的功業、要他受怎樣的苦？他受的苦不會小，他的心是驕傲而堅硬的。這樣的人注定要受很多苦、犯很多錯、行很多不義之事、造出很多罪孽。告訴我，我親愛的朋友，你不會教育你的兒子嗎？你不會強迫他嗎？不會打他嗎？不會懲罰他嗎？」

「不，法蘇德瓦，這些我都不會做。」

「我知道你不會。你不強迫他，不打他，不命令他，因為你知道，柔軟比堅硬更強，水比石更強，愛比暴力更強。非常好，我讚美你。但是，你認為你不強迫他，不懲罰他，這難道不是你的錯覺嗎？你難道不是在用你的愛束縛他嗎？你難道不是天天都在讓他羞愧，你這樣的善良和忍耐不是更為難了他嗎？你難道不是強迫他、這樣一個心高氣傲被寵壞了的男孩，和兩個有米飯就覺得是佳餚的吃香蕉老頭住在一個棚屋裡嗎？老頭的思想不可能是他的，老頭的心也老了、寧靜了，和他的心有不一樣的節奏啊。難道這一切不是強加給他的，不是對他的懲罰？」

悉達多被這話說中了，低頭看地面。他輕聲問道：「你覺得我該怎麼做呢？」

法蘇德瓦說：「帶他去城市，帶他去他母親的屋宅。那裡還住著僕人，把他交給他們。如果那裡沒有人了，就帶他找一個老師，不是為了教他什麼，而是讓他走向其他男孩，走向女孩，走入屬於他的那個世界。你難道從來沒有這麼想過嗎？」

「你看到了我心裡。」悉達多悲傷地說，「我常常想到這些。但是你看，我該怎麼把他這個本就沒有溫柔心的孩子，交給那個世界？難道他不會膨脹，不會迷失在歡欲和權力中，不會重複他父親犯過的所有錯誤，不會墜入輪迴無法自拔嗎？」

船夫的微笑煥發出明亮的光，他溫柔地碰了碰悉達多的肩膀，說：「問問河流吧，朋友！聽聽它對此發出的歡笑！你真的認為你做過那些蠢事，是為了讓你兒子不再重蹈覆轍？你能讓你兒子免受輪迴之苦嗎？你怎麼做得到？透過教義、祈禱，還是透過警告？親愛的朋友，你完全忘記了那個故事嗎，你之前在這裡向我講述過的婆羅門之子悉達多的發人深思的故事？誰讓沙門悉達多免於輪迴，免於罪孽，免於貪欲，免於愚蠢？是他父親的虔誠、他老師的警誡，是他自己的知識、他自己的尋覓讓他得以解脫嗎？哪位父親、哪位老師真能防止他自己去經歷生活，自己因生活而沾染汙垢，自己給自己招致罪責，自己飲下苦酒，自己找到人生的路？親愛的朋友，你真的以為，有誰可以免走這條路嗎？你真的以為你的寶貝兒子，就因為你愛他，因為你只想讓他不受苦、不痛苦、不失望，他就有可能不走這條路嗎？可是就算你為他死十次，你還是不能從他注定要承受的命運裡減去絲毫。」

法蘇德瓦從來沒有說過這麼多話。悉達多友善地感謝了他，憂心忡忡地走進棚屋，久久不能入睡。法蘇德瓦對他所說的，無一不是他自己已經想過的、已經知曉的。但是這樣的認知，他無法付諸行動。比這認知更強的，是他對男孩的愛，是他的柔情，是他害怕失去男孩的憂懼。他何曾為某事這樣神魂顛倒，他何曾這樣盲目，這樣受盡苦楚，這樣徒勞又幸福地愛過某人？

悉達多不能聽從他朋友的建議，他不能交出兒子。他任由這個男孩呼來喚去，任由他輕視自己。他沉默，等候，開始每日每日以友善來做無聲的戰鬥，以忍耐來打靜默的戰役。法蘇德瓦也沉默地等候著，友善、知情、容忍。在忍耐這一項上這兩人都是高手。

有一次，男孩的臉很讓悉達多想起卡瑪拉，他突然之間不由自主地想到了一句話，那是卡瑪拉很久之前，在他的青年時代，對他說過的。「你無法去愛」，她對他說而他覺得她說得對。他把自己比作了一顆星，把心智若孩童的眾人比作落葉。可是他也從這句話中聽出了一種責備。他真的從來都不會為另外一個人完全失去自我、完全獻出自我，不會忘了自己，不會為了愛一個人去做傻事；他從來都做不到。而在當時的他看來，正是這個巨大差別讓他與心如孩童之人截然分開。不過，自從兒子到了他身邊，他、悉達多如今也徹底成了一個心如孩童之人，會為了一個人受苦，會對一個人眷戀，會在愛中迷失，會為了愛變成傻子。在他這晚年，他才頭一次感受到生活中最強大、最奇特的激情，在這激情中忍受煎熬，變得可悲，然而又因此而有福，人生煥發了幾分新生，又豐富了一些。

他大約也覺得，這樣的愛、對他兒子盲目的愛，是一種激情，是非常合人性之物，是輪迴，是一個渾濁的泉源，是一股幽暗的水。可是，他同時又感覺到，它並非毫無價值，它必然存在，它出自他自己的本質。他也要為這樣的歡欲贖罪，也要品嘗這樣的痛苦，也得做這樣的傻事。

這一段時間裡，兒子就讓他做傻事，隨他討好，每天都放任自己的壞脾氣而讓他受委屈。這個父親沒有任何東西可讓他動心，也沒有任何東西會讓他畏懼。

這個父親是一位善人，是善良、好心又溫和的一個男人，或許也是個格外虔誠的男人，或許是個聖徒——但這一切特質都沒法贏得男孩的心。這個將他囚在簡陋棚屋裡的父親，讓他感到無聊。更讓他感到無聊的是，這個父親對他的每一次胡鬧都報以微笑，對他的每一次辱罵都報以溫柔，對他的每一份惡意都報以善意，但這正是他在這位老好人身上最痛恨的狡詐。男孩寧可受他威逼，受他虐待。

有一天，小悉達多又大發脾氣，公然對抗自己的父親。父親給了他一個任務，要他去拾乾柴。但是男孩沒有走出棚屋，他固執地站著不動，怒氣沖沖，腳跺地板，拳頭緊握，情緒爆發之下對著他的父親叫囂出了痛恨和蔑視的話。

「你自己去撿柴吧！」他怒火翻騰地說，「我不是你的奴僕。我知道你不會打我，你不敢打我；我知道，你一直想用你的虔誠和你的寬恕懲罰我、貶低我。你想要我變得和你一樣，和你一樣虔誠、一樣溫和、一樣明智！但是我，你聽好了，這話肯定讓你難受：我寧願變成街上打劫的強盜和殺人凶手，寧願走進地獄，也不願變得和你一樣！我恨你，你不是我的父親，哪怕你做過十次我母親的情夫！」

憤怒和悲傷在他體內膨脹，化作上千個粗暴惡毒的詞湧向他父親。然後男孩跑掉了，夜深時才回來。

第二天清晨，他消失了。一起消失的還有一個用雙色樹皮編織成的小籃子，籃子裡是兩位船夫存放的他們擺渡所得的銅幣和銀幣。船也消失了。悉達多看到船停在河對面的岸邊。男孩已經跑走了。

「我得跟著他。」悉達多說，他自從男孩昨天說出那番辱罵的話之後就悲痛得渾身發抖，「一個孩子沒法獨自穿過森林的。他會丟了性命的。我們必須造一個筏子，法蘇德瓦，這樣才能渡河。」

「我們是要造一個筏子，」法蘇德瓦說，「好把那小子拿走的船拿回來。但是他，你就放手讓他去吧，朋友。他不是孩子了，他知道怎麼自救。他在找去城市的路。他這樣做是對的，別忘了這一點。他做的是你自己沒來得及做的事。他自己照顧自己，他走他自己的路。啊，悉達多，我看到你在受苦，但是你所受的苦引人嘲笑。你自己將來也會嘲笑這些苦。」悉達多不吭聲。他手上已經拿起了斧頭，開始用竹子做筏。法蘇德瓦幫他用草繩把竹竿綁到一起。然後他們乘著竹筏渡河，被水流沖得很遠，到了對岸就讓竹筏順流而下。

「你為什麼帶著斧頭？」悉達多問。

法蘇德瓦說：「我們的船有可能丟了船槳。」

然而，悉達多知道朋友在想什麼。他想的是，男孩丟掉了船槳或者毀掉了它，是報復也是阻止他們跟蹤他。船上真的沒了船槳。法蘇德瓦指著船底板，微笑地看著朋友，彷彿是想說：「你看不出來你兒子想對你說什麼嗎？你看不出來他不想讓人跟上他嗎？」可是他並沒有真的說出口來。他開始造一支新船槳。悉達多卻與他告別，去找那逃走的人了。法蘇德瓦沒有阻攔他。

悉達多在森林中找了很久以後，才心生念頭，覺得他的尋找無用。他想，要嘛男孩早已走了很遠，已經走到了城中；要嘛，如果他還在路上，就會躲開後面跟著他的人。他繼續這麼想下去，發現他自己也並不是擔心兒子。他在內心最深處很清楚兒子不會喪命，也不會在森林中遇到危險。可是他還是一刻不停歇地走，不再是為了救兒子，而是渴望哪怕僅僅再見他一面。他一直走到了城邊。

當他走到城邊寬闊的街道上的時候，他停住了，面前是曾經歸卡瑪拉所有的美麗園子的大門，是他第一次見到坐在轎子中的她的地方。往日種種，都在他心靈中重現，他又見到自己站在那裡，正值年少，留著鬍鬚，赤身露體，一個沙門僧人，頭髮間滿是塵土。悉達多久久佇立，透過敞開的大門往園中望去。他望見身著黃袈裟的僧人在美麗的樹下行走。

他久久佇立，思緒紛紛，目睹舊事如畫，傾聽自己人生中的過往。他久久佇立，目光追隨僧人，見到的卻不是他們而是年輕的悉達多，見到年輕的卡瑪拉走在高樹下。他清清楚楚地看見了自己，看見自己如何得到卡瑪拉的款待，如何承接她的第一次親吻，如何驕傲又鄙夷地回顧自己的婆羅門出身，驕傲又渴慕地開始投入俗世生活。他看見了卡瑪斯瓦米，看見了僕人、華宴、賭博、奏樂藝人，看見關在籠中的卡瑪拉的鳴禽，重又經歷了這一切，呼吸著輪迴，再一次老去，疲憊，再一次感到噁心，再一次心生滅絕自己的願望，再一次享受了神聖的「唵」的陪伴。

當他在園門口站了很久之後，悉達多洞悉，將他驅趕到此地的渴望是愚蠢的，他幫不了兒子，他不可牽絆在兒子身上。他深深感覺到自己在心中懷著對這個逃離者的愛，就像是個傷口。他同時又感覺到，他得到這個傷口，不是為了在其中翻掘，這傷口必須要開花、發光。

傷口在這一刻還不會開花、還不會發光，這讓他悲傷。讓他一路奔來，追著逃離的兒子而來的目的，如今被空虛取代。他悲傷地坐下，覺得心中有什麼死去了，感到了空虛，再也看不到歡樂，看不到目標。他進入冥思，等候。這是他在河邊學會的，就學會了這一樣：等候，忍耐，傾聽。他坐著，聽著，在街道的灰塵裡，聽著自己的心，聽它跳得多麼疲憊而悲愁，等著一個聲音。有的時段裡，他蹲下傾聽，再也看不到畫面，墜入虛空中，聽任自己墜落，看不到一條路。當他感到傷口發燙，他無聲地說出了「唵」，用「唵」將自己填滿。花園中的僧人看到了他。因為他已經蹲坐了好幾個小時，在他花白頭髮上已經積滿了灰塵，其中一個僧人就走了過來，在他面前放下了兩根香蕉。這老人沒看到他。

一隻手碰了碰他的肩頭，將他從這僵硬中喚醒。他立刻就認出了這個觸碰、這溫柔而羞怯的觸碰，隨即回過神來。他站起身，向尾隨他而來的法蘇德瓦打了個招呼。當他往法蘇德瓦友善的臉龐上看、往臉上那些彷彿被純淨的微笑填滿的小皺紋看、往歡快的雙眼中看的時候，他自己也微笑了。他現在看到了放在自己跟前的香蕉，拾了起來，遞了一根給船夫，自己吃了另一根。然後他默不作聲地和法蘇德瓦走回了森林，回到了渡口家中。誰都沒有說起今天發生的事，誰都沒有說出男孩的名字，誰都沒有說他的逃離，誰都沒有說傷口。在棚屋裡，悉達多躺到了床榻上。過了一會兒，法蘇德瓦走到他身邊，想要給他送上一碗椰汁，發現他已經入睡了。

唵

傷口還灼燒了很久。悉達多擺渡的一些旅客，身邊帶著兒子或女兒。他見了這樣的旅客，無不心生羨慕，無不冒出這樣的念頭：「這麼多的人、成千上萬的人都擁有這最動人的幸福，為什麼就我沒有？就連那些惡人、小偷和強盜也都有孩子，愛孩子，被他們的孩子愛，唯獨我沒有。」他如今想法這麼單純，這麼不含理性，他與心智如孩童之輩已如此相似。

他現在看人也與以前不同了，少了聰明，少了驕傲，卻添了暖意，添了好奇，添了關切。在他擺渡普通旅客、心如孩童之人、商人、武士、婦女時，這些人在他眼裡不像從前那麼陌生了：他懂他們，他懂，他與他們共有一種僅僅由本能和願望而非思想與洞見所指引的生活，他覺得自己與他們是同類。儘管他已接近修行圓滿，正承受最後的傷口，可是在他眼裡，這些心如孩童之人是他的兄弟。

對他來說，他們的虛榮心、貪欲和可笑都不再可笑，變得易於理解，變得可親可愛，甚至值得他尊敬。一個母親對自己孩子盲目的愛、一個自以為是的父親為獨子感到的盲目驕傲、一個年輕虛榮的女子對首飾和男人愛慕目光的狂放求索，所有這些本能，所有這些幼稚，所有這些簡單、愚蠢卻又無比強烈、有著強勁生命和強大貫徹力的本能和貪欲，對悉達多來說都已不再是幼稚。

他從他們的角度來看他們如何過自己的人生，他從他們的角度來看他們無休無止地勞動、旅行、作戰，無休無止地受苦，無休無止地忍受煎熬。他可以為此愛他們。他在他們的所有激情裡、在他們的所有行動裡都看到了生命，看到了生機充盈者、不可摧毀者，看到了梵。這眾生縱然有著盲目的忠誠、盲目的強大與堅韌，卻也由此而顯得可愛，讓人敬佩。他們一無所缺，學者和思想家並沒有什麼優於他們，除了唯一的、微小的一樣事物：意識。他們有意識地思考眾生為一的道理。

有時候，悉達多甚至懷疑，這樣的知識、這樣的思考是不是被看得太高，是不是思者也有一種孩童般的幼稚，是不是思者也可以是一種心智如孩童之思者。在其他所有方面，世俗之人都與智者平等，常常還會遠勝於後者，正如獸類在某些時刻、在堅韌果敢的緊急行動中要勝於人類一樣。

悉達多心中漸漸盛開、漸漸成熟了如此一種識見，洞悉了什麼是真正的智慧、什麼是他長久尋覓的目標。那無非就是一種靈魂的預備狀態，一種能力，一種祕術；每時每刻，在生活正中，都能領會萬物一體之思想，感受這一體性，吸入這一體性。在他內心中緩緩盛放的，是從法蘇德瓦那蒼老的赤子臉龐上反射給他的：和諧、知曉世界之永恆完滿、微笑，與萬物為一。

可是傷口還在灼燒，悉達多熱烈又苦澀地思念著自己的兒子，心中維持著愛與柔情，聽任痛苦噬咬自己，做著因愛而生的種種蠢事。這火焰不會自動熄滅。

有一天，當這傷口燒得厲害的時候，悉達多划船渡河，受渴望的驅使，下了船，想去城裡尋找兒子。河水柔和而輕聲地流淌，正是枯水季，然而水聲卻奇異：它在歡笑！這笑聲很清晰。河流在笑，明朗而清脆地嘲笑這年老的船夫。悉達多站住了，他俯身到水面上，想要聽得更真切。他在靜謐奔馳的水中看到了自己的臉的倒影。在這倒映出的臉上，有什麼東西在催他回憶，是已經被他淡忘的東西。他尋思，他找到了它：這張臉像另一張他一度熟識的、愛過也害怕過的臉。是他父親，那位婆羅門的臉。他記起來了，在很久以前，還是少年的他，曾強求父親，讓他去與苦行僧為伍。他記起來了，他是如何向父親告別，如何一去不返。他父親當年所受之苦，不就和他現在為自己的兒子所受之苦一樣嗎？他父親不是早已離世，孤零零一人，沒有再見上兒子一面嗎？這不正是一齣喜劇，一件奇特的蠢事嗎——這樣的重複，這樣周而復始的劫數循環？

河流在笑。是啊，就是如此。那一切沒有承受到底而得以釋懷的，都會重現，同樣的苦楚會反反覆覆經歷。可是，悉達多又上了船，划船回到了棚屋，心中念著自己的父親，念著自己的兒子，受著河水的嘲笑，與自己抗爭，幾乎就要絕望，卻也幾乎就要應和著河水，放聲嘲笑自己和整個世界。啊，這傷口還沒有盛開繁花，他的心還在抵抗命運，他承受的苦還沒放射出歡快與勝利。可是他感受到了希望。他回到棚屋的時候，感覺到一種不可遏制的欲求，要向法蘇德瓦敞開心扉，向他展示一切，向他這位傾聽高手訴說一切。

法蘇德瓦坐在棚屋裡編竹籃。他不再划船擺渡了，他雙眼視力已變弱，不僅僅是雙眼，臂膀和手也都虛弱。毫無變化，依舊容光煥發的，是他的歡樂，他臉上那歡快的善意。

悉達多坐到這位老人身邊，慢慢說了起來。他們從來不曾談論過的那些話題，他現在娓娓道來，說他去城裡的那一趟路，說灼熱的傷口，說他看到那些幸福的父親時心中生出的嫉妒，說他知道這些願望的愚蠢，說他對抗這些願望的徒勞奮戰。他講出了一切，他能說出這一切，包括最讓他難堪的事。一切都可說，一切都可展示，一切他都可講述。他展示自己的傷口，也講述了他今天的逃離，講他如何渡河，像一個幼稚的逃難者，一心要往城裡去，講河流如何嘲笑他。

他這麼講著，講了許久，法蘇德瓦一臉靜穆地聽著。與此同時，悉達多覺得法蘇德瓦的這種傾聽比他以往感受過的都更強大，他感到自己的痛苦、自己的懼怕都向對方流去，自己隱祕的希望向對方流去，又從對方那裡流回自身。向這樣一個傾聽者展示自己的傷口，就如同在河中清洗傷口，直到它冷卻，與河流融合為一。悉達多還在說著，還在表白和懺悔，同時越來越強烈地感到，傾聽他的不再是法蘇德瓦，不再是一個人；這一動不動聽他說話者正將他的懺悔之言吸入體內，就如同樹吸入雨水，而這就是神本身，這就是那永恆者本身。當悉達多停止思考自己與自己的傷口，他對法蘇德瓦這變化了的本質的認識便占領了他的思緒。他對這本質感受越多，對其探入越多，他就越不覺得驚訝，他就越能領會到，一切都自在無礙，一切都自然而然，法蘇德瓦已經如此這般很久，也許從來都是這樣，只是他自己之前沒有完全認識到，只是他自己之前和對方難以區分。他感到，他現在看法蘇德瓦，就如同芸芸眾生看諸神，而這不可能持久；他開始在內心中向法蘇德瓦告別，而他還一直不停地說著。

等他終於說完了，法蘇德瓦將自己友善而稍微減弱了的目光放在他身上，一句話也不說，以沉默的愛與歡欣照耀他、懂他、知他。他拉起悉達多的手，帶他走到河邊，和他一起坐下，朝河流微笑。

「你聽到了它的笑。」他說，「但是你聽到的還不是全部。讓我們仔細聽吧，你會聽到更多。」

他們仔細聽。河流的多聲部吟唱，聲音輕柔。悉達多往水中看，在流動的水中有圖像向他顯現：他父親出現了，孤身一人，為兒子哀愁；他自己出現了，孤身一人，也受自己對遠方兒子的思念束縛；他兒子出現了，這男孩也是孤身一人，貪戀地奔向自己年輕心願的熱焰翻騰之路；每一個都朝向自己的目標，每一個都沉迷於自己的目標，每一個都受苦。河流用受苦的聲音在唱，唱得滿懷渴慕。它滿懷渴慕，向自己的目標奔流，歌聲裡有哀怨。

「你聽到了？」法蘇德瓦的沉默目光在問。悉達多點點頭。

「聽得再用心些！」法蘇德瓦低聲說。

悉達多努力聽得再用心些。父親的圖像、他自己的圖像、兒子的圖像都交匯在了一起，卡瑪拉的圖像也出現了，然後流散了。喬文達的圖像、其他的圖像紛紛出現，然後匯流，一切都變成河流，一切都作為河流奔赴自己的目標，滿懷渴慕、貪戀、受苦。河水的聲音載滿了渴望，載滿了灼人的痛苦，載滿了無可平息的欲望。河流奔向目標，悉達多看著它匆匆流淌，這條由他自己和他親人以及所有他見過的人組成的河流。所有這波濤、這河水都急匆匆地、受著苦地，奔向目標、許多目標：瀑布、湖泊、湍流、海洋。所有的目標都會抵達，每個目標之後又是一個新目標。水變為蒸汽，升上天空，變成雨，從天空落下，變成泉，變成溪，變成河，重新奔流，重新追求。但是這渴慕的聲音變化了。它還在響，充滿苦痛，一路追尋，但別的聲音來與它作伴了，那是歡樂又忍受的聲音，善與惡的聲音，歡笑與哀愁的聲音，上百個聲音，上千個聲音。

悉達多仔細聽著。他整個成了傾聽者，整個深深進入了傾聽中，整個放空，整個向外吸收。他覺得，他將傾聽學得很徹底。河流中這萬千聲音，他曾聽過多次。今天一切聽起來都是新的。他已經沒法再區分這萬千聲音了，沒法將哭泣與歡樂分開，沒法分出孩童之聲與男人之聲。一切聲音不分彼此，渴望的哀歎與智者的歡笑，憤怒的嚎叫與垂死的呻吟，一切都合為一體，一切都交融連接，千百次地纏繞在一起。而所有這些聲音，所有這些目標，所有這些追求，所有這些苦難，所有這些歡欲，所有的善與惡，所有這一切合起來便是世界。一切合起來便是因緣的河流，生命的音樂。當悉達多聚精會神地傾聽這河流，這萬千聲音匯成的歌曲時，當他不去聽痛苦也不去聽歡笑的時候，當他不再將自己的靈魂綁在任意一個單獨的聲音上，將自我投入其中，而是聽一切聲音，感知這整體、這統一時，這千萬聲音組成的宏大歌曲就成為了唯一一個字：「唵」，也即圓滿。

「你聽到了嗎？」法蘇德瓦的眼神又在問。

法蘇德瓦的微笑燦爛，在他衰老面容的所有皺紋上飄浮發亮，正如河流的所有聲音上飄浮著「唵」一樣。他微笑燦爛，在他望著自己朋友的時候，悉達多的臉上現在也亮起同樣燦爛的微笑。他的傷口開花，他的痛苦閃光，他的自我流入了一體中。

在這一時刻，悉達多不再與命運抗爭，不再受苦。在他臉上，盛放著覺悟的歡快，再沒有意志會違逆這覺悟，這覺悟深知何為圓滿，它隨同因緣的河流、生命的水流，滿是同悲之情、滿是同喜之意，縱身洪流中，歸於萬物之太一。

法蘇德瓦從岸邊坐處站起身來，往悉達多的眼中看去，看到其中閃著覺悟的歡快光芒，他便用手輕輕碰了碰悉達多的肩膀，以他那種謹慎而溫柔的方式，同時說道：「我一直在等這個時刻，親愛的朋友。現在它來到了，讓我去吧。我等這個時刻等了很久，我當了很久的船夫法蘇德瓦。現在夠了。保重，棚屋！保重，河流！保重，悉達多！」

悉達多向著這告別的人深深鞠了一躬。

「我早知道了，」他輕聲說，「你要走進樹林裡去嗎？」

「我要走進森林裡，我要走進太一中去。」法蘇德瓦容光煥發地說。

他容光煥發地離開了，悉達多目送他。他懷著深深的喜悅，懷著深深的肅穆，目送他，看到他的腳步滿是安寧，看到他的頭上滿是光輝，看到他的身形滿是光明。

喬文達

喬文達和其他僧人有一次雲遊到了名妓卡瑪拉送給喬達摩弟子的園子，在其中休憩。他聽到其他人說起了一個老船夫，那人住在離此處有一天路程的河邊，許多人都說他是智者。喬文達重新啟程時，便選擇了通向渡口的路，心中滿懷著好奇，要見見那位船夫。因為他儘管長久以來都守著清規戒律生活，以自己的輩分和謙遜而享有晚輩僧人的敬畏，但他心中不安與追尋的火並沒有熄滅。

他來到了河邊，請老人擺渡他。到了另一邊河岸，他下船時對老人說：「你向我們僧人和朝拜者行了諸多善事，我們之中許多人都是由你擺渡過河。而你，船夫呵，不也是一個求索正道的尋覓者嗎？」

悉達多年邁的眼中含著微笑，說：「你稱自己為尋覓者，啊，可敬的閣下，可是你年歲已高，已經身披喬達摩派的僧人袈裟了啊？」

「我也許年紀大了，」喬文達說，「但是我沒有停止過尋求。我永遠不會停止尋求，這看來就是我的宿命了。在我看來，你也尋求過。你有話對我說嗎，尊敬的先生？」

悉達多說：「可敬的閣下，我該對你說什麼呢？也許該對你說你尋求得太多？說你埋頭於孜孜尋求而一無所獲？」

「怎麼會是這樣呢？」喬文達說。

「當某個人縱身於尋求，」悉達多說，「就難免會演變為，他的眼只能見到他所求之物，他無法有所獲，無法將任何事物納入自身，因為他心心念念的只有所尋之物，因為他有一個目標，因為他對這目標有執念。尋求也就是：擁有一個目標。可是獲得卻是：自由無拘，保持開放，沒有目標。你、可敬的閣下，也許確實是個尋覓者，因為你一心追求你的目標而對於近在眼前的某些事物視而不見。」

「我還沒完全明白，」喬文達說，「你這話是什麼意思？」

悉達多說：「哦，可敬的閣下，之前，許多年前，你已經來過這條河邊，在岸上發現了一個正在熟睡的人，你坐到他身邊，要守衛他的睡眠。可是，喬文達，你沒有認出那個安眠者。」

如同被施了魔法一般，僧人吃驚地看著船夫的眼睛。

「你是悉達多？」他用羞怯的聲音問道，「我這一次也沒認出你來！我衷心問候你，悉達多，我能再次見到你，真是由衷地快樂！你變了很多，朋友。——這麼說來，你現在成了船夫？」

悉達多友善地大笑。「一個船夫，是啊。喬文達呵，有的人注定會改變很多，有的人注定要換過一切衣著，我就是這樣一個人，親愛的朋友。歡迎你，喬文達，今晚就在我的棚屋裡留宿一夜吧。」

喬文達這晚留宿在棚屋裡，睡在法蘇德瓦之前睡的床榻上。他向這位少年時代的好友提出了許多問題，悉達多得以向他講述自己人生中的許多經歷。

第二天早晨，到了要出門遊歷的時刻了，喬文達毫不猶豫地說出了這些話：「在我繼續走我的路之前，悉達多，請允許我再問一個問題。你有教義嗎？你有信仰或者慧識讓你遵循，幫助你生活，幫助你行事無誤嗎？」悉達多說：「你知道的，親愛的朋友，我在年少時，在我們在森林裡和苦修僧一起生活的時候，對教義和師父產生了懷疑，最後背離了他們。這個態度我一直保留至今。不過從那以後我有過許多老師。有個美麗的妓女在很長時間裡都是我的老師，有個富有的商人做過我的老師，還有幾個賭徒也是。有一次，一個雲遊四方的佛陀弟子也做過我的老師；當我在樹林中入睡的時候，他從朝拜之路上停步，坐在了我身彼岸。我也從他身上學習過，我也對他心存感激。但是讓我學到最多的，是這裡的這條河流，是我的上一任、船夫法蘇德瓦。他是非常單純的一個人，那位法蘇德瓦。他不是思考者，但他深知必要之所在，就如喬達摩那樣。他是圓滿者，是聖人。」

喬文達說：「啊，悉達多，我覺得你說話還是喜歡帶點嘲諷。我相信你，知道你不遵循某個教義，可是你自己不還是獲得了某種念頭、某種覺悟，儘管不是教義，它已歸你所有、幫助你生活？如果你能對我講講這個，你會讓我的心歡喜。」

悉達多說：「不錯，我是有過念頭，我也獲得過覺悟，一次又一次。我有時候會感到我的所悟所知充盈了我自己，一個小時或者一天之久，就像世人感到心中盈滿生機那樣。這是一些念頭，可是我很難轉述給你聽。看哪，我的喬文達，這恰恰是我獲得的一個念頭：智慧不可轉述。一個智者若要嘗試轉述智慧，智慧聽起來便像愚蠢了。」

「你是在說笑嗎？」喬文達問。

「我不是在說笑。我說的，是我的所獲。知識可以傳達，智慧卻不可以。智慧可以獲得，可以體驗，可以將你托舉，可以用來創造奇蹟，但是它說不出、教不了。這是我在少年時代就偶爾預感到的，這也讓我遠離了那些師父。我獲得了一個念頭，喬文達，你又會把它當成玩笑或者愚蠢，但這卻是我最好的念頭。這就是：所有的真相，其反面也同樣真實！這也就是：一個真相總是在僅有一面的時候，才可以說出來，可以用言辭包裹起來。一切能用腦子想出來、用話說出來的，都只有一面，都是片面的，是一半，缺了整體，不夠圓滿，未成一統。崇高的喬達摩在教導中論說世界時，必定要將世界分為輪迴和涅槃，分為虛相和實相，分為痛苦和解脫；要教授予人就會失掉另一條路，別無他法。可是這世界，在我們身外四周，在我們體內存在著的一切，從來就不是只有一面。一個人或一個行為從來就不全是輪迴，也不全是涅槃。一個人從來就不全是聖人，也不全是罪人。表象之所以看似如此，是因為我們都屈從於這個幻覺，覺得時間是某種實在之物。時間並不是實在的，喬文達，我常常能感受到。當時間不再是實在，那看似橫隔在塵世與永恆，痛苦與極樂，善與惡之間的距離也就不過是幻象了。」

「怎麼會呢？」喬文達害怕地問道。

「聽好了，親愛的朋友，聽好了！我是有罪之人、你是有罪之人，但這罪人有朝一日又會成為婆羅門，他會抵達涅槃，成為佛——看哪，這個『有朝一日』是幻象，僅僅是比喻！罪人並非沿著成佛之路前行，他不是正在經歷成長，儘管我們的思想只能做如此設想而已。不，罪人身上，此時此刻，就存在著未來的佛，他的未來都已在場了，你必須在他身上，在你身上，在每人身上都崇敬那醞釀著的，那可能的，那隱含的佛。喬文達，我的朋友，這世界並非不完滿，也並不是走在通向完滿的漫漫長路上；不，它每一刻都是完滿，一切罪孽已在自身中包含憐憫，一切幼童已在自身中包含老人，一切嬰兒已含死亡，一切垂死者已包含永生。沒有人能見到另一方在自己的路上走了多遠。在盜賊與賭徒身上有佛在等待，在婆羅門身上有強盜在等待。深深入定冥思就有可能超脫時間，同時看見一切過往、此刻、未成之人生，此處一切為善，一切完滿，一切皆梵。所以在我看來，一切存在者都為善，死即生，罪孽即神聖，聰慧即愚笨，萬物都必得如此，它們只需要我的贊同、我的意願、我深情的認可。因而它們對我來說都是善，只會提升我，不會損害我。我在我的肉身和靈魂上都感知到，我非常需要罪孽，我需要淫欲，需要追逐財富，需要虛榮，需要最淒慘的絕望，才學得會放棄強求，學得會愛這世界，學會不再將它與我所期望的、所空想出的某個世界作比較，那只是我自己臆想中的圓滿。而我學會了接受這世界，以它本來如此的樣子，並且愛這世界，樂意歸於其中。而這，喬文達呵，就是我腦海中浮現出的一些念頭。」

悉達多彎下身，從地上撿起一塊石頭，在手中掂量。

「這裡的這個，」他以遊戲的姿態說，「是一塊石頭，它在某個特定的時間裡也許會成為泥土，從泥土中長出植物，或者動物或者人。以前我會說：『這塊石頭僅僅是石頭，毫無價值，屬於摩耶界；但是因為它在轉世輪迴中也可能變成人，具有靈魂，所以我也要對它有所禮遇。』我以前會這麼想。可是今天我想的是：這塊石頭是石頭，它同時也是動物，同時也是神，也是佛。我敬它愛它，不是因為它可能曾經是那個，未來是另一個，而是因為它早就是，一直是這一切——它是石頭，此時此刻向我顯示為石頭，正是為了這一點，我愛它，在它的每一個脈絡和凹坑裡，在這黃色，這灰色，這硬度，我敲它時發出的這聲響，它表面的乾燥或潮濕裡，我都看到價值與意義。有的石頭摸上去像是油或者肥皂，其他的摸上去像葉子，還有的像沙子。每一塊石頭都是特別的，都以自己的方式在禱告『唵』，每一塊都是梵，但同時也是石頭，同樣也是石頭，油狀的或肥皂狀的石頭。而這正讓我歡喜，在我看來是奇妙的，值得敬拜。——但是對此我也說不了更多了。話語對隱幽的意義並無多大益處，一切一旦說出口，立刻就會走樣，遭到一點曲解，顯出一點傻氣——是啊，這也非常好，也很中我意，我非常贊同，一個人的珍寶與智慧，在另一個人耳裡聽起來卻很愚蠢。」

喬文達默默地聽著。

「你為什麼跟我講石頭？」他停頓了一下猶豫地問道。

「並沒有什麼用意。或者也許有這個意思，我正好愛這石頭，這河流，這種種我們能觀察的，能向它們學習的事物。我能愛一塊石頭，喬文達，也能愛一棵樹或一頭牛。這些是物，人也能愛物。但是我不愛言辭。所以對我來說，教義什麼都不是，沒有硬度，沒有軟度，沒有顏色，沒有稜角，沒有氣味，沒有滋味，它能有的就是言辭。也許阻礙你獲得安寧的，就是這許許多多的言辭。因為就連解脫和美德，輪迴和涅槃，都僅僅是詞。喬文達，沒有什麼東西是涅槃，涅槃只是一個詞而已。」

喬文達說：「涅槃，朋友，不僅僅是一個詞。它是一種思想。」

悉達多接著說：「一種思想，也許吧。我必須向你承認，親愛的朋友：我不是那麼想要區分思想和言辭。坦白說，我對思想也並不怎麼看重。我更看重物。比如在這條船上，一位男士曾是我的前任、我的老師。一位聖人，好幾年他都只相信河流，此外就不再相信什麼了。他說過，河中流水聲對他說話，他向水聲學習，水聲教他、培育他。在他看來，河流就是一個神靈。他很多年都不知道，每陣風、每朵雲、每隻鳥、每隻甲蟲都和他所崇敬的河流一樣有神性，知道的、能教給他的也一樣多。但是當這位聖人走進樹林裡去的時候，他洞悉了一切、知道的比你我都多，但他不是從老師那裡學來的、也不是從書上學來的，只是因為他相信了河流。」

喬文達說：「可是你稱之為『物』的，是真實存在的嗎？是本質所在嗎？難道那不是摩耶的虛相，只是幻景和假象？你的石頭，你的樹，你的河流——它們是真實的嗎？」

「這個問題，」悉達多說，「也不是很困擾我。萬物是假象也好，不是假象也好，要說連我自己也是假象，那它們總歸都是我的同類。而這也讓我覺得它們如此親切可敬：它們是我的同類。我為此而愛它們。這也是一個你會嘲笑的教義：喬文達呵，愛在我看來是超越一切的關鍵。看透這世界，解釋它，蔑視它，也許是大思想家的事。但是我所關心的只有一件，能夠愛這世界，不蔑視它，不恨它和我自己，能夠以愛、讚歎和敬畏來看待它、我自己和萬事萬物。」

「這我懂。」喬文達說，「但正是這樣的態度，被世尊認作虛妄。他要求大家有善意、體諒、同理、忍耐，但不得有愛；他禁止我們用愛將自己的心束縛在塵世之物上。」

「我知道。」悉達多說，他的微笑放射出金色的光芒，「我知道，喬文達。

看哪，我們在這個問題上已經深陷觀點的叢林裡，陷入了糾纏言辭的爭吵裡。因為我不能否認，我講述的愛的言辭和喬達摩的言辭處於對立、表面上的對立。正因為如此，我才這麼懷疑言辭，因為我知道，這個對立是幻象。我知道，我和喬達摩是一致的。他怎麼會不洞悉愛呢？他認出了人生在世一切的易逝和虛無，但還是那麼愛眾人，以至於將其漫長而艱辛的一生都僅僅用於幫助他們、教導他們！在他那裡、在你的這位偉大導師那裡，我也更愛物而不是言辭。他的行動和生活比他的言談更重要，他的手勢比他的觀點更重要。我不是在他的言談中、在他的思想中，而是在他的行動、他的生活中看到了他的偉大。」

兩位老人久久地沉默了。然後喬文達鞠躬道別，一邊說：「我謝謝你，悉達多，謝謝你向我講了你的念頭。這裡面有一部分非常奇異，我不是馬上都能領會。無論如何，我謝謝你，我祝你一切平安。」

可是他在心中卻暗想：這位悉達多是個怪人，他說出了古怪的念頭，他的教義聽起來滿傻的。尊師的純淨教義聽起來就不一樣，更明朗、更純粹、更易懂，不含任何怪異、蠢笨或可笑之處。可是我看到的悉達多，他的手和腳、他的眼睛、他的額頭、他的呼吸、他的微笑、他的招呼、他的步態，又和他的念頭不一樣。自從我們崇高的喬達摩步入涅槃之後，我再沒有遇到過一個人會讓我覺得：這是個聖人！唯有他、這位悉達多，讓我有這個感覺。他的教義也許怪異，他的言辭聽起來也許傻氣，但他的眼神和雙手、他的皮膚和頭髮，他身上的一切都發出一種純潔、寧靜、歡快、溫柔與神聖的光亮，這是我在我們崇高導師去世之後，在任何其他人身上都沒見過的。

喬文達這麼想著，心中懷著這樣一番掙扎，再次向悉達多鞠了一躬，受到的是愛的牽引。他在安靜坐著的這位智者面前深深彎下了腰。

「悉達多，」他說，「我們都已是老人。我們中的一個要再見到如今這模樣的另一個，已是難事了。我看到，我愛的朋友，你已經獲得了安寧。我承認，我還沒有找到安寧。再給我說一句話，可敬的人兒，給我我可以把握的、我可以聽懂的話！給我一句話，送我上路。我的路常常艱難，常常幽暗，悉達多。」

悉達多沉默，帶著依舊那般的寧靜微笑，看著他。喬文達呆呆地注視著悉達多的臉龐，心有憂懼，有渴望。在他眼中寫著煎熬和永不停息的尋求，永遠的無法獲取。

悉達多看著，微笑著。

「俯身到我面前來！」他在喬文達耳邊輕聲說，「俯身到我面前來！對，再近一點！吻我的額頭，喬文達！」

喬文達既感到詫異又在強烈的愛與預感吸引下聽從他的話，俯身到他近旁，用唇碰他的額頭，然而就在這一刻，他身上發生了奇妙的事。他的思緒還停留在悉達多的怪異言辭上，他還在徒勞地費盡心力，奮力抵抗自己，要在思考中抹去時間，要把輪迴和涅槃設想為一體，他心中對這位朋友的言辭的某種鄙視還在與一股強大的愛與敬畏抗爭著，這時卻發生了這樣的事：

他再也看不到他的朋友悉達多的臉，他看到了其他人的臉，許多臉，長長一串，臉組成的一股波濤洶湧的河流，上百張臉，上千張臉，所有的臉來了又去，看起來又都同時在場，所有的臉都在不斷變化更新，而所有的臉都是悉達多。

他看到一條魚的臉，一條鯉魚，大張著滿懷無限痛苦的嘴，正是垂死之際，眼睛破碎——他看到一個新生兒的臉，紅彤彤，滿是皺紋，哭到變形——他看到一個凶手的臉，凶手的刀正插進一個人體內——就在同一秒，他看到這罪犯被捆綁起來，跪下，頭被劊子手一刀砍掉——他看到男人和女人的身體在激烈歡愛中赤裸交纏奮戰的姿態——他看到屍體鋪展開來，安靜，冰冷，空虛——他看到動物軀體，公豬的、鱷魚的、大象的、公牛的、鳥的——他看到了眾神，看到了黑天神[17]、火天神[18]——他看到所有這些形象和面容以上千種連接方式出現，每一個都在幫助另一個，愛它，恨它，毀滅它，重新生出它。每一個都是一個求死的意願，一次激烈的對萬物無常的痛苦坦白，可是沒有誰死去，每一個都只是在變化，重新出生，得到一張新的面孔，可是這一張和另一張臉之間並無時間距離——所有這些形象和面容都靜立，流動，自我創生，漂游而去，彼此交融。

在一切之上總是覆蓋著一個單薄的、無實體的、卻存在著的物，就如同一塊薄玻璃或者一層冰，如同一層透明的皮膚、一層殼或者水的外形或面具，這個面具微笑，這個面具是悉達多微笑著的臉，也是他、喬文達就在這一刻用嘴唇觸碰的臉。

於是，喬文達就這麼看到了面具的微笑，看到了眾相湧流之上那萬物一統的微笑，看到了千萬生死之上那同時俱在的微笑。悉達多的微笑完全就是那一個微笑，完全就是喬達摩的微笑，佛陀的微笑，寧靜、精妙、從容不迫，也許飽含善意，也許帶著嘲諷、明慧、千重交疊，那也是他自己帶著敬畏看過上百次的微笑。喬文達知道，修行圓滿者正是這般微笑的。

他已不知道是否真有時間這回事，這番觀看是經過了一秒還是一百年；他已不知道，是否真有一個悉達多，是否真有一個喬達摩，是否有我，是否有你；他內心最深處彷彿被一支神箭戳傷，這傷痛有甜味；他內心最深處被施了咒，得到了釋放；就這樣，喬文達又站了一小會兒，躬身俯看悉達多寧靜的臉，這張臉他剛剛親吻過，這張臉剛剛是一切形體之生滅、一切演變、一切存在的展示之所。當千重深淵在他的表面之下再度閉合之後，這張臉上的容貌毫無改變。他靜靜地微笑，輕聲而柔和地微笑，也許特別友善，也許特別嘲諷，完全就是世尊曾經微笑的那樣。

喬文達深深鞠躬，他年邁的臉上淚水流淌而他自己毫無知覺，他感受到的最

---

17 又譯作奎師那、克里希那，是印度教中最重要的神祇之一，被認為是主神毗濕奴的化身之一。

18 又譯作阿耆尼，吠陀教與印度教中的火神。

真摯的愛和最謙卑的崇敬之情，如同一團火在他心中燃燒。他在一動不動地坐著的悉達多面前深深鞠躬，直到匍匐於地，悉達多的微笑讓他回憶起了他一生中愛過的一切、他一生中覺得珍貴而神聖的一切。

赫曼．赫塞年表

一八七七年　誕生

七月二日，赫塞出生於德國南部符騰堡卡爾夫市的一個新教家庭，外祖父和父母親都曾在印度傳教。關於卡爾夫市的記憶是日後赫塞藝術創作的重要源泉，赫塞將卡爾夫稱作自己「永恆的母親」，美麗的故鄉也讓赫塞一生都鍾情於自然景色與田園風光。

一八八一—一八八六年（四—九歲）

因父親工作調動，遷居瑞士巴塞爾市。巴塞爾的自然與城市風光以及博物館，都給赫塞留下了十分美好的印象。成年後，赫塞多次撰寫文章和小說懷念在此度過的童年時光。

一八八六—一八九〇年（九—十三歲）

隨家人遷回卡爾夫市，就讀於卡爾夫市拉丁學校。生性敏感、喜愛幻想的赫塞難以適應學校裡壓制個性的教育方式。

一八九〇—一八九一年（十三—十四歲）

在格平根上拉丁學校，赫塞描述學校有「一種令人窒息的感化院氣氛」。他也不喜歡工業城市格平根，認為自己在這裡「猶如俘虜」。

一八九一—一八九二年（十四—十五歲）

在斯圖亞特遵從父命通過了神學院的選拔考試，並且獲得獎學金，進入專門培養神學家的毛爾布隆修道院新教學校。

在修道院，赫塞收穫了許多友誼與快樂，但是他的願望及個性遭到老師的無情壓制，僅僅生活了七個月就逃了出來。他被家人送到位於巴登博爾的療養院，在療養院企圖用左輪槍自殺，沒有成功。

一八九二—一八九五年（十五—十八歲）

進入坎施塔特文科中學學習，在寄宿的小閣樓中經常讀書到深夜，卻不愛做正規的課堂作業，後中斷學業。

在書店當過學徒，也在鐘錶工廠當過機械學徒，都未能持久。

一八九五—一八九九年（十八—二十二歲）

在圖賓根的赫肯豪爾書店當學徒與助手。赫塞很喜歡這座古老的城市，對工作和人生也變得更加認真。雖然工作繁忙，他還是利用業餘時間大量閱讀全世界的文學作品，頑強地鑽研藝術史、語言和哲學。他稱這段時間是「玫瑰色的日子」。

一八九九年（二十二歲）

自費出版第一部詩集《浪漫之歌》，兩年時間僅售出五十四冊；出版第一部散文體作品集《午夜後一小時》，僅售出五十三冊。

七十五歲時，他在給友人的信中評價《午夜後一小時》說，他在這本書中展示了內心世界，但是內容過於注重個人感受，因此無人理解。

一八九九—一九〇三年（二十二—二十六歲）

在巴塞爾的萊希書店當助手。由於父母的關係，赫塞出入巴塞爾的上流社會社交圈，和歷史學家及藝術家往來聯繫，接受歷史及藝術教育。

在藝術家社交圈中，他結識了未來的妻子瑪麗婭．貝諾利，一位頗有才華的演奏家。瑪麗婭比赫塞年長九歲，但是兩人非常合得來。

一九〇一年（二十四歲）

第一次赴義大利旅行，追尋喜愛的歷史學家雅各．布克哈德的足跡，拜訪了米蘭、佛羅倫斯、威尼斯等十多處地方，在城市裡漫步閒逛，參觀文藝復興時期的建築物和藝術作品。

一九〇四年（二十七歲）

小說《鄉愁》出版，同年便加印五次，赫塞一舉成名，並且獲得小說帶來的巨大經濟收益。成為自由作家，為多家雜誌撰稿。

八月與瑪麗婭．貝諾利結婚，定居在博登湖畔的蓋恩霍芬村。

一九〇六年（二十九歲）

小說《車輪下》出版，書中反傳統反權威的觀念遭到大量抨擊，卻讓該書更加出名。

來到真理山療養院。由於成名的困擾以及家庭的責任，嚮往流浪生活的赫塞背負巨大的壓力，處於與自己對抗的精神分裂狀態。

一九一〇年（三十三歲）

小說《生命之歌》出版。

一九一一年（三十四歲）

與畫家朋友漢斯．施圖岑艾格爾一起赴南亞旅行，先後去了斯里蘭卡、馬來西亞、新加坡和蘇門答臘。

這次旅程給赫塞留下深刻印象的不是印度人而是中國人，成為他「由印度轉向中國」的轉捩點。

一九一二年（三十五歲）
因赫塞的夫人瑪麗婭思念家鄉，移居瑞士伯恩東部的一個小村莊，房屋外面有果園、樹林和山丘。
赫塞經常去伯恩參加音樂會和展覽等各種活動，時隔多年，他終於回歸城市生活。

一九一三年（三十六歲）
《印度遊記》出版。

一九一四年（三十七歲）
小說《羅斯哈爾德》出版。
第一次世界大戰爆發，赫塞自願報名參戰，但體檢不合格，後被分配到「德國戰俘圖書中心」，為戰俘挑選閱讀書籍。之後逐漸開始反對戰爭，十一月在《新蘇黎世報》上發表文章呼籲德國文人警惕民族狂熱情緒，引發多家媒體對他猛烈攻擊。
羅曼．羅蘭讀了赫塞的反戰文章後，因為認同他的想法，開始與他通信。兩位身處戰爭對立國的文豪後來成為終生好友。

一九一六年（三十九歲）
父親去世，妻子患精神分裂症，自己精神崩潰。第一次接受榮格的同事郎克醫生的心理治療。
痊癒後，赫塞深入鑽研佛洛伊德和榮格的學說，與郎克醫生成為終生好友，在他的鼓勵下，寫下了許多有影響力的童話故事。

一九一九年（四十二歲）

與妻子分居，移居瑞士提契諾州，最終定居在山村蒙塔諾拉。

因為言論觸怒柏林政府，被勒令停止發表作品。赫塞開始以筆名埃米爾·辛克萊發表文章，以及於戰爭時期寫就的小說《徬徨少年時》。該書兩年內再版十六次，讀者爭相探問作者的身分。

一九二〇年（四十三歲）

短篇小說集《克林梭的最後夏日》出版。

一九二二年（四十五歲）

小說《流浪者之歌》出版。該書第一部分在一九二〇年即完成，之後赫塞再度深入研究印度和中國思想，花費近三年才完成第二部分。該書出版之初並沒有很受歡迎，但是後來逐漸引起世界級的轟動。

一九二三年（四十六歲）

與瑪麗婭·貝諾利離婚。多年的婚姻生活給赫塞帶來深遠的痛苦，他對瑪麗婭也早已不復愛慕。

獲得瑞士國籍，同時放棄德國國籍。

一九二四年（四十七歲）

一月與歌唱家露特．溫格爾結婚，步入第二段婚姻。

赫塞比妻子露特年長二十多歲，起初他對「充滿神祕感、美麗又自由」的露特滿懷激情與愛慕，但是很快，年齡的差距以及階級、生活與思考方式的不同讓兩人的關係開始破裂。

一九二七年（五十歲）

《紐倫堡遊記》和小說《荒野之狼》出版。

妻子露特以赫塞「精神不正常」為由與其離婚。在此之前，赫塞情感上的痛苦使他度過了一段艱難又放蕩的時期，經常飲酒，參加舞會，勉強讓生活繼續。這段經歷促成了《荒野之狼》的誕生。

友人胡果．巴爾出版了赫塞的傳記，慶祝他的五十歲生日。

一九三〇年（五十三歲）

小說《知與愛》出版。

一九三一年（五十四歲）

十一月，與藝術史家妮儂．多爾賓結婚。妮儂和赫塞是多年的好友，也是他一直以來創作上的支持者。

婚後，妮儂依舊給予他生活與精神上極大的支持，伴他終老。

一九三二年（五十五歲）

小說《東方朝聖之旅》出版。

一九三六年（五十九歲）

赫塞的書在納粹德國被列為「不受歡迎」之列，作品不得再版。此狀況一直持續到第二次世界大戰結束。

緊張的政治局勢、文章引起的口水戰以及生活上的入不敷出，都讓赫塞倍感疲憊，他將一九三五至一九三六年稱為自己人生中最困難的時期。

一九三九年（六十二歲）

九月第二次世界大戰爆發。

一九四三年（六十六歲）

小說《玻璃珠遊戲》在瑞士出版。該書從開始寫作到出版，間隔了十幾年，原因之一是這期間赫塞一直在幫助戰時的移民。

一九四五年（六十八歲）

九月，第二次世界大戰結束。赫塞得知後，透過廣播向瑞士聽眾傳達這一消息，並且念了一首作於當年的詩：〈遇見和平，藉芭樂電臺慶祝停戰〉。詩的最後兩句為：「要有希望！期待！愛！世界再一次屬於你們。」

一九四六年（六十九歲）

赫塞的作品在德國可以重新出版。赫塞獲法蘭克福市的歌德獎，以及諾貝爾文學獎，他的作品及人道主義精神受到表彰。

一九五三年（七十六歲）

蘇爾坎普出版社為慶祝赫塞的七十五歲生日出版了六卷本《赫塞文集》。

一九五五年（七十八歲）

獲德國圖書和平獎。

赫塞晚年很少離開蒙塔諾拉，極力避免社交，但是前來拜訪的仰慕者絡繹不絕。

一九六二年（八十五歲）

八月九日，在蒙塔諾拉於睡夢中去世。

譯後記

漫遊・悟道・詩情

是如此一本書，其深刻潛藏於作者精心營造出的簡明而清澈的語言中。這一種清澈勢必瓦解那些自詡能準確判斷作品孰優孰劣的文學俗匠的精神僵化症。造一尊佛，而他超越了世所公認的那一位，這是前所未聞的創舉，尤其對一個德國人來說。《流浪者之歌》之於我，是比《聖經・新約》更有效的一劑良藥。[19]

一九七三年，亨利・米勒，二十世紀最具叛逆性的美國作家之一，在給朋友

19 轉引自：［德］孚克・米歇爾斯：《〈悉達多〉研究資料彙編》第二卷，蘇爾坎普出版社，一九八七年版，第三〇二頁。

的信中曾如此激情洋溢地評說對他影響至深的德語小說《流浪者之歌》。此時距這本書首版發表已超過半個世紀，而該小說的作者赫塞去世也已逾十年。但是一股閱讀《流浪者之歌》的熱潮卻從德國、瑞士跨越大西洋，席捲了北美大陸，之後又傳至澳大利亞、東亞、南亞，經久不息。迄今為止，這部小說已經被翻譯成三十九種語言，成為二十世紀最暢銷的德語文學名著之一，世界各地的讀者，尤其是年輕人都被這個德國人寫的東方故事所吸引，在這個奇妙的文字世界裡尋找啟迪、靈感和精神歸宿。

《流浪者之歌》到底是本什麼樣的書，它到底有什麼魅力，能跨越半個世紀的時間間隔，征服如此多本國和異國讀者的心？

漫遊：在東西方之間

《流浪者之歌》首先是在多重歐洲危機的觸發下，在作者與古老的亞洲精神的心靈對話中孕育而生的跨界之書。

一八七七年七月二日，赫曼．赫塞出生於德國南部小城卡爾夫的一個新教家庭。這個家庭一方面有著濃厚的基督教新教虔敬主義氣氛，另一方面又滲透了來自遙遠印度的宗教與文化因素。赫塞的外祖父赫曼．谷德特曾長年在印度喀拉拉邦傳教，對當地文化非常感興趣，還撰寫了一部當地語言瑪拉雅拉姆語的語法書。赫塞的母親就出生在印度，赫塞的父親約翰訥斯．赫塞也曾到印度傳教。赫塞從小生長在不同信仰和不同文化並存的家庭環境中，父親會即興為他用德語誦讀印度宗教的祈禱詞，他自己也很早就開始閱讀佛教和其他印度宗教典籍。

然而，赫塞的青少年時期也是他經歷的第一個危機時期。天資聰穎的他在一八九一年通過了專門挑選新教神學預備生的符騰堡選拔考試，進入了歷史悠久、聲名卓著的毛爾布隆(Maulbronn)修道院神學院。但他完全無法適應紀律嚴苛、強調服從、壓抑個性的學校制度，一度瀕臨精神崩潰，不到一年就私自逃離了修道院。家人將他送往私人診所，然後又讓他入讀普通學校，但他仍然沒有走出精神危機，無法完成學業。

在輾轉各地嘗試了幾次學徒培訓之後，一八九五年，他終於在圖賓根的一家書店找到了適合他的工作，能一心沉浸在文學的世界中，並且慢慢開始自己創作詩歌和小說。在一九〇六年發表的小說《車輪下》中，他以自己在修道院學校的痛苦經歷為藍本，描述了一個少年不堪學校和家庭對他的精神折磨而走向毀滅的悲慘故事。赫塞自己曾評論說，這不僅僅是一個人的悲劇，而是一代人面臨的厄運，是深受德意志第二帝國威權體制影響的教育系統對個人的摧殘。

赫塞第一個創作期正是圍繞著社會體制與具有獨立品格的個人之間的衝突展開的。他延續了十九世紀德語小說中的成長發展小說與藝術家小說的傳統，但也展示出一個敏感的心靈對十九世紀與二十世紀之交的歐洲精神狀態的洞察。自第二次工業革命以來，歐洲各國的技術文明高歌猛進，資本社會飛速發展，但人的精神世界卻遭到擠壓和扭曲，變得日益空洞、狹仄、貧瘠。整個文藝界也都籠罩著頹廢、倦怠、迷惘的氣氛。

正是在這樣一種文化背景下，另一種東方智慧進入了赫塞的視野：來自中國的古典詩歌和儒道思想。十九世紀末，中國詩歌熱從法國文學界興起，隨後傳入德國文壇。一九〇七年，赫塞為中國詩集的德譯本《中國之笛》寫了評論，表達了由衷的讚賞之情，尤其對李白推崇備至。他甚至在自己的短篇小說《克林梭的最後夏日》中為主人公取了別名李白，李白在此成為文學理想的化身。

從一九一〇年起，他從傳教士兼漢學家衛禮賢所翻譯的一系列中華典籍中領略到了儒家和道家思想的魅力，尤其是一九一〇年出版的《道德經》譯本為他開啟了一個全新的精神境界，讓他如獲靈啟，倍感振奮。他後來坦言，「長年以來，老子成了啟發我的重要人物」[20]。如果說印度的宗教文化是家傳之學，培育了他的年少心智，那麼中國的詩情哲思則是成年的赫塞在精神領域遠遊他鄉的收穫，推動他進一步突破歐洲文化的拘囿，在更廣闊的文學與信仰的空間裡探索存在的意義。正如他自己所言：「許多年來我一直深信，歐洲精神已處於衰落狀況，需要回歸到它的亞洲源頭中去。我敬仰佛陀已有多年，而早在童稚時代便已讀過印度

20 轉引自：〔德〕赫爾曼·黑塞著，〔德〕孚克·米歇爾斯編選：《黑塞之中國》，北京：人民文學出版社，二〇一一年版，第一〇五頁。（編按：此註釋的作者名及書名係保留該出處之出版社的譯名，故與時報版的譯名「赫曼·赫塞」不同，以下註二十一至二十五均同緣由。）

文學，後來則是老子和其他中國聖人和我更為親近。」

這種對東方的親近感，在更嚴重的一場人生危機來臨時，就變為了一種自我拯救的精神力量。一九一四年六月至八月，第一次世界大戰爆發。赫塞在戰爭剛開始時還受到德國普遍的狂熱情緒影響，也想投身戰鬥，因體檢不合格而改為在伯恩的「德國戰俘圖書中心」服務，為戰俘挑選閱讀的書籍。但是很快赫塞就意識到了這場戰爭的非人道本質，在《新蘇黎世報》上刊登了名為〈朋友啊，請換個音調〉的文章，呼籲德國知識分子不要陷入狹隘的民族主義仇恨中。他的這篇文章立刻遭到了輿論反撲，許多人在媒體上對他肆意攻擊或寫信辱罵他，不少之前的好友疏遠了他。唯有少數人支持他，其中就包括法國作家羅曼．羅蘭。

赫塞面臨著四面楚歌，倍感心寒。禍不單行，他父親於一九一六年三月去世，他兒子馬丁一度身患重病，他與第一任妻子瑪麗婭．貝諾利的婚姻瀕臨破滅。內外交困之下，赫塞再次陷入嚴重的精神衰弱而無法工作，只得求助於心理治療。一九一九年戰爭結束，赫塞與妻子分手，移居瑞士提契諾州，最終在山村蒙塔諾拉安定下來。也正是在這裡，經歷了歐洲二十世紀第一場浩劫和種種人生困厄的赫塞寫出了《流浪者之歌》，也藉此走出了低谷，重返文學創作的高峰。

一九二〇年八月，小說的開篇第一章亮相於《新蘇黎世報》。一九二一年七月，菲舍爾出版社旗下的《新評論》季刊刊登了小說第一部。赫塞將其獻給羅曼·羅蘭，並點明了這部書的初衷是要樹立「一個象徵」，療癒剛剛過去的這場戰爭對歐洲精神造成的巨大創痛。第一次世界大戰集中暴露了現代歐洲人的精神弊端，貪婪爭權的列強鼓動精神空虛卻盲目嗜戰的民眾，投入了暴烈殘忍的互相戕害中。所謂的現代文明展現出了野蠻黑暗的一面。以赫塞為首的一批歐洲文人都將目光投向東方，希望從東方的古典智慧中吸取重振歐洲精神的養分。《流浪者之歌》無疑是這種尋求的文學表達，主人公一次次上路，一次次求索，一次次體驗世界與內心，呼應著作者本人越過硝煙漸散的歐洲，奔赴古印度和古中國的精神世界尋尋覓覓的心路歷程。

一九二二年十月，全書首版正式出版。書的第二部，赫塞題獻給他的表弟威

---

21 轉引自：張佩芬：《黑塞研究》，上海：上海外語教育出版社，二〇〇六，第一〇八頁。

廉．谷德特。赫塞家族與東方的多重聯繫也正是《流浪者之歌》得以成書的重要機緣。威廉．谷德特繼承了赫曼．谷德特的職業衣缽，在圖賓根神學院完成神學學業後，於一九〇六年赴日本傳教。他對日本及中國的佛教思想有著濃厚興趣，做過深入的研究，曾翻譯過佛學經典「禪門第一書」《碧巖錄》。他在東亞宗教與文化方面的豐富學識無疑成為赫塞創作《流浪者之歌》的另一個重要思想來源。

實際上，赫塞自童年時代起就浸染的基督教虔信主義和印度宗教文化氛圍、在戰前就已經深入感受過的中國道家思想和他從表弟這裡接觸到的佛學要義，都融匯在了《流浪者之歌》的漫遊旅途中。這部小說由此成為世界文學中的一個奇觀，隨著一場艱苦卓絕的人生求索之旅徐徐展開，中、印、歐三大文明的精神瑰寶交相輝映，展示出了身處危機時代的作者對東西方文化交融互動的熱切渴望和奇特想像。

悟道：從佛門教義到道法自然

《流浪者之歌》凝結了作者長年以來對東方智慧的嚮往與崇敬之情，更將這一份嚮往與崇敬轉化為對存在、自我和世界的深邃思考。《流浪者之歌》也是一本悟道之書。

只是這裡的道，所出多門。就在《流浪者之歌》出版的同一年，赫塞自己列出了影響他的東方書籍：《薄伽梵歌》、《佛經》、《吠檀多經》、《吠陀的六十奧義書》、《佛陀傳記》、《道德經》、《論語》，和《莊子》[22]。其中，尤其是佛道兩派的宗教觀念，以一顯一隱的方式交替並舉，形成了《流浪者之歌》的基本思想架構。

最顯眼處，原文書名 Siddhartha（悉達多），便取自佛陀修道前的名字，梵語

---

22 轉引自：〔德〕赫爾曼・黑塞著，〔德〕孚克・米歇爾斯編選：《黑塞之中國》，北京：人民文學出版社，二〇一一年版，第一〇六頁。

意為「終獲所求者」或「抵達目標者」。然而書中這位名叫悉達多的主人公並非佛陀，這本小說也並非佛陀的傳記。佛陀在書中是作為另一個重要人物形象出現的，其稱呼是「喬達摩」，這是佛陀原本的姓。悉達多是婆羅門之子，而佛陀的出身是釋迦族的王子，得道後被尊稱為釋迦牟尼，意為釋迦族的聖人。佛陀在書中一出現就已功德圓滿，在舍衛城傳授佛教教義，悉達多在最後得道之前是一個長久尋覓者的形象。赫塞借了佛陀的名給自己的主人公，而且讓他在上下求索的漫漫長路上與佛陀本人相遇，自然有暗示兩者求道經歷的相似性，但同時也突出了兩者的差異。他並沒有讓悉達多真正皈依佛門，而是為他安排了更獨特更豐富的修行經歷。

小說分為兩部，第一部四章，第二部八章。曾有人將其附會為佛教中的四聖諦八正道，但從內容上來看並不對應。前四章裡的悉達多並未經歷苦、集、滅、道的體悟，而是從婆羅門教出走，入沙門派修行，又從沙門派出走，到舍衛城聆聽佛法，最終卻還是不滿於佛教教義，離佛陀而去，再度踏上尋覓之途。不論是婆羅門祭司傳授的關於阿特曼與梵的知識，還是禁欲苦行所練就的自我泯滅，都無法平息悉達多焦灼的尋覓渴望。在佛陀面前，他雖然認可世間輪迴報應苦海無邊，卻無法追隨佛陀修行而求得解脫之道。此時的悉達多，是一個空有靈慧，但還未解悟的少年。還未入世，也就無從出世，不曾經歷浮沉，也就不知從何解脫。

從第一部到第二部，悉達多從空洞的禁欲，走向了放浪的縱欲，在一番沉淪迷失之後，才大徹大悟。如果說第一部的少年悉達多在不同印度宗教門派之間的來回輾轉，是空對空的點狀跳躍，那麼第二部的男子悉達多則以人生歷練為修行，在苦樂百味中悟道，走了一條升降起伏的曲線。在這裡，赫塞設計了不同的人物角色來代表人生的不同側面。美豔的卡瑪拉是赫塞以自己當時的情人露特．溫格爾為原型塑造的性愛大師，她讓悉達多享受了極致的情欲體驗。卡瑪拉又將悉達多推薦給商人卡瑪斯瓦米，讓他進入了追逐物質財富的名利場。悉達多逐漸從自命不凡、冷眼觀世的旁觀者轉變為隨波逐流而耽於享樂的凡塵中人。然而他在享樂之後又墜入了空虛、疲倦與噁心感中，意識到自己已經深陷輪迴的羅網而無力自拔。在他棄絕過往，謀求新生之際，赫塞設置了一個極為特殊的人物來引導他。這便是在第二部開端便已出現過的船夫法蘇德瓦。他曾將悉達多擺渡過河，如今則教他傾聽河水的聲音而領會萬物合一的真諦。

這位擺渡人的形象和河水的意象，在許多研究者眼中是道家思想的絕佳體現。的確，赫塞在文中反覆強調法蘇德瓦沉默寡言，謙卑淳樸，不傳教義，與門徒簇擁的尊師佛陀形成鮮明的反差。而河水的聲音則包羅萬物，融善惡哀樂為一體，讓悉達多感覺不到時間的存在。這的確契合了大道無言、絕聖棄智、返璞歸真和上善若水、道法自然的道家理念。尤其重要的是，印度教和佛教都將世界的表象與實質、輪迴的世間和涅槃的超脫加以截然對立的劃分，世間萬物都是摩耶，是幻象，是虛妄，不可信賴。唯有看破這些虛相，才可抵達真相，得道，解脫。而道家世界觀卻更偏於「天地與我共生，萬物與我為一」的天人合一論，修道的目標不是超出天地之外，而是回到與天地合一、物我交融的狀態，清靜無為，自然而然。

這兩派之間的區別，赫塞在寫這本書時必已有所體會，在他眼中，「如果說印度在苦修和僧侶式的避世中達到至高境界並能觸動人心，那麼古老中國在精神心靈的培育上所達到的境界足可與之匹配。在中國人的精神世界中，自然與精神、宗教與世俗生活並非敵對的雙方，而是意味著友善的對立，二者都能得到自身存在的權利。」[23]

在悉達多修行的最後階段，他放下了對兒子的執念，傾聽河水而逐漸忘我，融入了生命之流，隨其在天地間周轉不息，與萬物眾生同喜同悲。他不追求遁入空門，避世涅槃，他是在認可此岸人世萬物的價值的同時，超越它們彼此以及它們與自己的差異，而走向與它們合一的境界。赫塞自己也在給朋友的信中說，他筆下這位悉達多，「啟程時是婆羅門和佛陀，卻結束於『道』」[24]。

然而，也不能簡單地把《流浪者之歌》看成是由佛入道、以道替佛的一次改宗紀錄。全書最後一章，赫塞特地讓悉達多年少時期的好友，已成為佛陀弟子的喬文達與悉達多重逢，透過兩人的對話展示了悉達多此時抵達的思想境界及其與佛教

---

23 轉引自：〔德〕赫爾曼．黑塞著，〔德〕孚克．米歇爾斯編選：《黑塞之中國》，北京：人民文學出版社，二〇一一年版，第七頁。

24 轉引自：張佩芬：《黑塞研究》，上海：上海外語教育出版社，二〇〇六，第一三二頁。

的關聯。一方面，悉達多強調自己所領悟的智慧不可言傳，他視萬物為同類，熱愛此世而自認歸於此世。這其實更與禪宗的不立文字，在世修行，頓悟成佛相通。當然禪宗本身也融合了不少道家思想。不論怎樣，這樣的悟道方式有別於印度文化背景下的佛教教義，閃現出赫塞從中國古典宗教文化中摘取的吉光片羽。另一方面，悉達多又點明了自己與喬達摩／佛陀貌離神合、殊途同歸之處：

我不能否認，我講述愛的言辭和喬達摩的言辭處於對立、表面上的對立。正因為如此，我才這麼懷疑言辭，因為我知道，這個對立是幻象。我知道，我和喬達摩是一致的。他怎麼會不洞悉愛呢？他認出了人生在世一切的易逝和虛無，但還是那麼愛眾人，以至於將其漫長而艱辛的一生都僅僅用於幫助他們、教導他們！在他那裡、在你的這位偉大導師那裡，我也更愛物而不是言辭。他的行動和生活比他的言談更重要，他的手勢比他的觀點更重要。我不是在他的言談中、在他的思想中，而是在他的行動、他的生活中看到了他的偉大。

在這段描述中，關鍵字是愛。有研究者據此認為悉達多身上還有著基督教的博愛基因，畢竟赫塞出生於傳教士家庭，在虔信主義的薰陶中長大。愛眾生、愛世人，的確也是基督教教義的一個核心思想。不過，仁者愛人、我佛慈悲、普度眾生，東方的智慧中向來也不缺關於愛的啟示。不妨說，赫塞所寫的這個愛指向了東西方信仰的一個交集，不受各自的天國想像所限，而共有對人間的關切。

實際上，整部小說的主旨或許也可以從這個角度來歸納。在小說結尾處，喬文達在悉達多的引導下親吻他的額頭，產生了幻覺，看到悉達多的微笑也正是佛陀的微笑。這是悉達多修行圓滿的標誌，他已經以他的方式成佛。另一方面，此時的悉達多已經接替了船夫法蘇德瓦，為眾生擺渡。他成長為另一個具有道家氣質的靜默無言的精神導師。佛道兩家在他身上形成了一種圓通融合。如此一個真正抵達自己所渴求的目標的悉達多，代表了赫塞在精神領域溝通中、印、歐，以共同的智慧靈光，照亮處於困境的人類的前路的宏麗理想。在《流浪者之歌》全書問世四年後，赫塞自己在論及第一次世界大戰之後的中國熱時，再次明確表達了他的這種殷殷期望：

我們無須拿《老子》替代《聖經》，但《老子》讓我們明白，在另一個蒼穹下，比我們更早的時候，類似的思想出現了，這能夠更加堅定我們的信念，使我們相信，不管民族與文化差異多麼大，多麼敵對，人類仍然是個大統一體，可以共用相同的機會、理想和目標。[25]

詩情：詞句如歌吟，韻律如水流

正如亨利·米勒所言，《流浪者之歌》內蘊深邃，在語言外形上卻清澈簡潔。《流浪者之歌》也是一件語言藝術的精品，是作者在寫作技法上更上層樓的突破之書。

赫塞的寫作風格與他在閱讀上的個人偏好密不可分。早早脫離常規教育體制的他，自青春期起，便全憑自己的興趣遨遊於世界文學的書海中。在德語作家中尤其是歌德和諾瓦利斯、艾欣爾多夫等浪漫派作家對他的文學風格影響至深。在經歷了最初的探索期後，他的小說寫作越來越具有自己的風格，他擅長風景描寫也注重刻畫人物內心，遣詞造句不事雕琢，卻充滿了濃郁的詩意和誠摯的真情，帶有一定的民歌格調，這正是繼承了浪漫派的文學特徵。他的好友雨果・巴爾因此稱他為「光輝燦爛的浪漫派行列中最後一位騎士」[26]。

《流浪者之歌》同樣是浪漫騎士造就的藝術品，不過還是有一定的特殊性。這是赫塞的作品中少數幾部沒有自傳色彩的小說之一。《流浪者之歌》的思想來源於赫塞閱讀過的東方宗教典籍。《流浪者之歌》的語言也在效法印度頌歌的莊重明麗和中國箴言的洗練雋永。這一種寫法，是一位成熟作家對自己的挑戰。

25 轉引自：〔德〕赫爾曼・黑塞著，〔德〕孚克・米歇爾斯編選：《黑塞之中國》，北京：人民文學出版社，二〇一一年版，第一〇八頁。

26 〔德〕雨果・巴爾：《赫曼・赫塞：生平與作品》，初版一九二七年，哥廷根，二〇〇六年版，第二十二頁。

在敘事上，這部小說筆墨俐落而不加繁飾，讓人感覺明晰通透，彷彿在讀長篇的寓言。而在描述人物內心活動時，作者卻採用了複沓排比的結構，渲染出澎湃的氣勢，對應著激蕩的情感，也營造出詩與歌的節奏感。赫塞自己將這部小說定義為「印度的詩」(Indische Dichtung)，也是暗含此意。Dichtung 這個詞可以泛指純文學，不一定是通常意義上分行寫成、格律齊整的抒情詩。但另一方面，這個詞還是強調了作品應當具有的詞句之美，這種美讓作品不僅傳達訊息，更富於訊息之外的審美價值。

為了從中文上再現這種「詩」的品質和類似於歌吟的音樂感，本書譯者盡可能保留德語原文中的排比與重複，在句式上也盡量不做裁剪合併，好讓詩情和節奏都能穿越語言的邊界，抵達中文讀者。

比如開篇第一章裡描寫少年悉達多雖然贏取了親友和眾人的喜愛，內心裡卻躁動不安的情景，就用上了漸次鋪陳的意象排列，展示這種不安的無處不在：

但是悉達多，他卻並不為自己而歡愉，他不因自己而開懷。當他徜徉於無花果園裡的玫瑰小徑上，坐在靜觀林苑的幽藍影子裡，在每日的懺悔浴中清洗身體，在濃蔭覆地的芒果林裡獻祭，神情完美地符合禮儀，被所有人喜愛，讓所有人歡喜，他心中卻毫無歡喜。夢來眷顧他，不停息的思緒從河水中湧出，從夜空中的星星閃爍而出，從太陽的光輝融化而出。夢來眷顧他，靈魂的躁動從祭品中隨煙而起，從《梨俱吠陀》的詩句中隨氣息傳出，從年邁婆羅門的教條中滴滴滲出。

在描述悉達多追隨沙門苦行僧修行的決絕努力時，赫塞也不吝嗇筆墨，用紛繁迭出的畫面展示了他徒勞地消除自我的過程：

一隻白鷺在竹林上空飛過——悉達多將這隻白鷺映入自己的靈魂中，也飛越山林，自己成了白鷺，叼魚為食，餓白鷺之餓，發白鷺之鳴，死白鷺之死。沙灘上躺了一隻死去的胡狼，悉達多的靈魂鑽入了牠的屍體，成了死去的胡狼，躺在沙灘上，鼓脹，發臭，腐爛，被鬣狗撕碎，被兀鷲剝皮，變成骨架，變成灰塵，被吹進原野。悉達多的靈魂回來，死去，腐爛，化作塵埃，品嘗了輪迴的陰暗迷醉，懷著新的渴念，如獵人一般期望能找到脫離輪迴的空隙，那裡將有因緣的終結，那裡將開始無憂的永恆。他殺滅自己的感官，他殺滅自己的記憶，他鑽出他的那個我而鑽入成千的他者形態中去，成為獸類，成為腐屍，成為石頭，成為木頭，成為水，每一次在覺醒之際又回歸了自我。陽光或月光照著，又成了我，在輪迴中沉浮，渴念不斷，舊渴剛消，又生新渴。

悉達多在最後的悟道階段以河水為導師，終致開悟。在他和河水心神交融的這一段裡，描寫的語言本身成了水流，波濤湧動，前後相繼，流轉迴環，充滿生命的律動節奏：

河流奔向目標，悉達多看著它匆匆流淌，這條由他自己和他親人以及所有他見過的人組成的河流。所有這波濤、這河水都急匆匆地、受著苦地，奔向目標、許多目標：瀑布、湖泊、湍流、海洋。所有的目標都會抵達，每個目標之後又是一個新目標。水變為蒸汽，升上天空，變成雨，從天空落下，變成泉，變成溪，變成河，重新奔流，重新追求。但是這渴慕的聲音變化了。它還在響，充滿苦痛，一路追尋，但別的聲音來與它作伴了，那是歡樂又忍受的聲音，善與惡的聲音，歡笑與哀愁的聲音，上百個聲音，上千個聲音。

《流浪者之歌》正是在這水流般的韻律中，在這歌吟般詩情充沛的詞句中，演繹了讓人歎為觀止的尋求與領悟的人生旅程，融東西方宗教思想於奔流不息的生命之河中。它注定也與這書中之河一樣，成為超越時代而流傳久遠的聲音。也希望這聲音帶給所有中文讀者啟迪、靈感與脫離苦難奔赴光明的信心！

二〇二一年八月

流浪者之歌 / 赫曼．赫塞著；李雙志譯 . -- 初版 . -- 臺北市：時報文化出版企業股份有限公司 , 2023.10
208 面；14.8×21 公分 . --（愛經典；XE00073）
譯自：Siddhartha.
ISBN 978-626-374-433-2（精裝）

875.57 112016299

本書譯自德國 Suhrkamp 出版社 1974 年版 *Siddhartha*

作家榜经典文库®

ISBN 978-626-374-433-2
Printed in Taiwan

愛經典0073
流浪者之歌

作者—赫曼．赫塞｜譯者—李雙志｜編輯—邱淑鈴｜企畫—張瑋之｜封面設計—朱疋｜內頁設計—沐多思—林瑞霖｜校對—邱淑鈴｜總編輯—胡金倫｜董事長—趙政岷｜出版者—時報文化出版企業股份有限公司　108019 臺北市和平西路三段二四〇號四樓　發行專線—（〇二）二三〇六—六八四二　讀者服務專線—〇八〇〇—二三一—七〇五、（〇二）二三〇四—七一〇三　讀者服務傳真—（〇二）二三〇四—六八五八　郵撥—一九三四四七二四時報文化出版公司　信箱—10899 臺北華江橋郵局第 99 信箱　時報悅讀網—http://www.readingtimes.com.tw｜電子郵件信箱—new@readingtimes.com.tw｜法律顧問—理律法律事務所　陳長文律師、李念祖律師｜印刷—紘億印刷有限公司｜初版一刷—二〇二三年十月二十日｜定價—新台幣三五〇元｜（缺頁或破損的書，請寄回更換）

時報文化出版公司成立於一九七五年，並於一九九九年股票上櫃公開發行，於二〇〇八年脫離中時集團非屬旺中，以「尊重智慧與創意的文化事業」為信念。